Susanne Eberst • Durst

Susanne Eberst

Durst

Erzählung

AUGUST VON GOETHE LITERATURVERLAG

IM GROSSEN HIRSCHGRABEN ZU FRANKFURT A/M

Das Programm des Verlages widmet sich
– in Erinnerung an die
Zusammenarbeit Heinrich Heines
und Annette von Droste-Hülshoffs
mit der Herausgeberin Elise von Hohenhausen –
der Literatur neuer Autoren.
Das Lektorat nimmt daher Manuskripte an,
um deren Einsendung das gebildete Publikum
gebeten wird.

Ein Unternehmen der Holding
FRANKFURTER VERLAGSGRUPPE
AKTIENGESELLSCHAFT AUGUST VON GOETHE
In der Straße des Goethehauses/Großer Hirschgraben 15
D-60311 Frankfurt a/M
Tel. 069-40-894-0 ✱ Fax 069-40-894-194
E-Mail: lektorat@frankfurter-literaturverlag.de

Medien- und Buchverlage
DR. VON HÄNSEL-HOHENHAUSEN
seit 1987

Websites der Verlagshäuser der Frankfurter Verlagsgruppe:

www.frankfurter-verlagsgruppe.de
www.frankfurter-literaturverlag.de
www.frankfurter-taschenbuchverlag.de
www.august-goethe-literaturverlag.de
www.fouque-literaturverlag.de
www.weimarer-schiller-presse.de
www.deutsche-hochschulschriften.de
www.deutsche-bibliothek-der-wissenschaften.de
www.haensel-hohenhausen.de

Bibliografische Information der Deutschen Nationalbibliothek
Die Deutsche Nationalbibliothek verzeichnet diese Publikation in der Deutschen
Nationalbibliografie; detaillierte bibliografische Daten sind im Internet
über http://dnb.d-nb.de abrufbar.

Titelbild: Karin Roll

Lektorat: Alexandra Eryigit-Klos

ISBN 978-3-8372-0381-3

1. Auflage 2009
2. Auflage 2010
3. Auflage 2011

Gedruckt auf säurefreiem, alterungsbeständigem Papier,
hergestellt aus chlorfrei gebleichtem Zellstoff (TcF-Norm)

Printed in Germany

Die autobiografische Erzählung einer siebenunddreißigjährigen Frau, die sich auf eine Zeitreise durch die verschiedenen Episoden ihres exzessiven Alkoholmissbrauchs begibt, bis hin zur Selbstaufgabe und letzten Endes dem Entschluss, sich selbst zu retten. Nach einer Langzeittherapie hat sie einen heute trockenen Weg eingeschlagen.

Im Vordergrund beleuchtet die Autorin den Beginn ihrer Erkrankung, die auf familiärer Zersplitterung und einem Trauma beruht, und sie beschreibt den Kampf um Bodenhaftung, die verzweifelte Suche nach dem richtigen Lebensweg, die Zweifel und Tränen ihrer Seele, ihrer Trauer und die Zerrüttung ihres Alltages durch das jahrelange Trinken.
In dieser Odyssee verdeutlicht sie, wie schwer sich der Kampf darstellt, dem Alkohol zu entsagen und wie sie es geschafft hat, ihren Durst nach Leben wiederzuentdecken.

Es gibt viele Arten zu sterben; die Aufgabe ist es, herauszufinden, wie man lebt.

Alle in diesem Buch aufgeführten Thesen, die ich mit meinen persönlichen Worten über den Alkoholismus geprägt habe, beruhen im Besonderen auf den Erfahrungen, die ich und mein Umfeld gemacht haben. Es bleibt außer Frage, dass die Richtigkeit meiner Behauptungen und Feststellungen einer Allgemeingültigkeit der Gesellschaftskrankheit Alkohol entsprechen müssen.

Die Autorin

Meinen Eltern Karin und Knut,
die mir das Leben schenkten und
ich mich mit dieser Unmöglichkeit
angefreundet habe.

17.April 2008

Wenn es dir möglich ist, einer einzigen
im Dunkel irrenden Seele ein Licht zu entzünden,
einem Betrübten die sonnige Seite des Lebens
zu zeigen, einem andern die höhere und edlere
Lebensanschauung zu geben, einem
Mitmenschen zu helfen, dass er ein besserer
Mensch werde, einem Mühsamen und Beladenen
die Lasten zu erleichtern, mit auch nur einem
kleinen Funken der Liebe die Welt zu bereichern,
dann hast du nicht vergebens gelebt.

Jack London

Kapitel eins

Freitag, 15:30 Uhr

ES ist wieder da. Ich sitze in meinem Büro am PC, um noch die letzte Berechnung durchzukriegen. Rechts und links ein Haufen unbearbeiteter Fälle. Die können noch bis Montag warten. Denn ES ist wieder da, bohrt sich schraubstockartig in meine Eingeweide, reißt an den Magenwänden wie hungrige Wölfe an ihrer Beute, wütet, tobt. Das Monster. Mein Puls rast und mit zitternden Händen taste ich nach der PC-Maus, klicke hier und da, um den Rechner endlich herunterzufahren, alles geht mir zu langsam.
Freitagnachmittag. WAS PASSIERT HIER????
Ich laufe in die angrenzende Kaffeeküche, um meine Tasse sauber zu spülen, packe schließlich meine Habseligkeiten wie Handy und Geldbörse in fliegender Hast zusammen und verlasse Minuten später das Dienstgebäude, grüße noch ein paar Kollegen, denen ich ein schönes Wochenende wünsche, und vor meinem geistigen Auge tanzen bereits die grünen und blauen Flaschen einen klassischen Foxtrott, umkreisen meine Gehirnhälften mit zwinkerndem Auge ... sehnsüchtig erwarten sie mich.
Das Monster in meinem Bauch treibt mich in den Wahnsinn. Ich eile zum Auto und steuere wenig später den Getränkemarkt an, greife, dort angekommen, wahllos nach Bier und Wein, sage dem Kassierer, der meinen hastigen Einkauf verwundert aus den Augenwinkeln beobachtet, dass ich noch einiges mehr besorgen muss und später wiederkomme (was ich natürlich NIE tue). Ich hätte jede Menge Gäste dieses Wochenende und wüsste gar nicht, wo ich anfangen soll, da sie in einigen Stunden schon bei mir auf der Matte stehen und ich noch nichts vorbereitet hätte und so weiter blabla...

Bei jedem Getränkemarkt ließ ich mir stets neue, blumenreiche Geschichten einfallen, um damit zu tarnen, dass ich mich wieder volllaufen lassen will. Wie viele Getränkemärkte es in München gibt, weiß ich nicht, aber wenn man jahrelang immer einen neuen findet, müssen es wohl einige sein. Ebenso verhält es sich mit den Supermärkten, in denen ich mir zwar selten Storys einfallen ließ, aber für 20 Euro Lebensmittel kaufte (die ich im Grunde nicht benötigte),

nur um diesen Dingen in meinem Einkaufswagen eine Flasche Wodka oder mehrere Piccolos oder Biere unterzujubeln, bevor ich den Inhalt des Wagens auf das Laufband legte. Ich war äußerst nervös, und jeder Blick, der mich streifte, die Leute in der Schlange, machte mich *noch* hektischer, aus Schamgefühl und wegen der AHA-DIE-TRINKT-JA-Erkennungsmelodie. Zumindest bildet sich das jeder Säufer ein, der an der Kasse steht, um seinen Stoff zu kaufen. Wenn ich starken Saufdruck hatte, wählte ich oft den schnellsten Weg, also ohne langes Warten an der Supermarktkasse, und bevorzugte nur die Getränkemärkte, manchmal auch, wenn's besonders schlimm war, die Tankstellen. Dann fuhr ich nach Hause und kredenzte den anstehenden Genuss mit Gläserputzen und dem Aufstellen von Kerzen, wenn es auch meist noch taghell war (zumindest in den Sommermonaten).
Wenn mir dann der Schweiß in kleinen Perlen auf der Stirn stand und meine Hände so stark flatterten, dass das Glas in meinen Händen fast herunterfiel, ließ ich mir keine Zeit mehr, das Bier ins Glas zu schütten, und kippte die erste 0,5-Liter-Flasche in vier gierig-großen Schlucken herunter, in weniger als einer Minute. Dann lehnte ich mich zurück, und das Zittern hörte endlich auf. Und mein besoffenes Leben stieß mir buchstäblich die Magensäure in die Mundhöhle. Wenn ich nach einigen Stunden den erwünschten Zustand erreicht hatte, kleidete ich mich zum Ausgehen um, und wie jede verdammte Woche zog ich los, meistens gleich per Taxi in die Innenstadt, in der bereits das nächtliche Treiben der Klubs und Bars begonnen hatte und meine Stimmung auf den Höhepunkt trieb. Ein Taxi nahm ich deshalb, weil es dann nicht mehr so lange dauerte, bis ich das nächste Bier in den Händen halten konnte. Öffentlich wollte ich nicht fahren, es ging mir nicht schnell genug, und das eigene Auto zu benutzen, war mir zu heikel, da ich mindestens über 1,5 Promille Alkoholgehalt im Blut hatte. Jedoch gab es auch Zeiten, in denen ich weitaus drüberlag und mich trotzdem hinters Steuer klemmte, bis dato war ich glücklicherweise an Alkoholkontrollen regelmäßig vorbeigeschrammt und war auch nie aufgefallen durch die typische Fahrweise eines Angetrunkenen (als da wäre zum Beispiel das regelmäßige Überfahren der Fahrbahnmarkierungen). Nur hatte ich in den letzten Monaten meiner Trunkenheit zumindest *in dieser Beziehung* keine Lust mehr auf Risiko.

Die Rausch- und Sauftour durchs Nachtleben begann also wie jede Woche. Und wie jede Woche um diese Zeit war bereits die übliche Mischung von Obdachlosen, grölendem Jungvolk und Kicksuchern auf den Straßen unterwegs. Ich wurde dabei jedes Mal von einer Welle der Erregung erfasst, wenn das Straßenbild noch durch die blinkenden Reklamelichter der Großstadt ergänzt wurde. In der ersten Bar, die ich ansteuerte, bestellte ich zuerst einen Ramazzotti auf Eis mit Zitrone und dazu ein Bier. Von Stunde zu Stunde wuchs der Pegel, der mich in einen, Gott weiß wieso, völlig klaren Himmel voller Geigen beförderte. Die zuckenden, grellen Lichter in den Diskotheken, die ich wenig später abklapperte, gemischt mit den Schwaden an Trockeneis, die zischend aus den kleinen Öffnungen unterhalb der Tanzfläche stießen, waren eine einzige Offenbarung; die Sinnesbetäubung setzte eventuell noch vorhandene Vernunft vollkommen außer Gefecht – ich schwebte und fand das genial.

Ich sah plötzlich nur noch schöne Menschen oder abgrundtief hässliche, und soweit es meine betäubte Zunge zuließ, führte ich sogar auch zuweilen nette Unterhaltungen. Ich begann aber auch Streit und nahm selten ein Blatt vor den Mund, wenn es darum ging, dem Gegenüber schonungslos ins Gesicht zu hauchen, dass er nichts tauge und, in die Ecke gestellt, noch nicht einmal eine Kakerlake ihm Beachtung schenken würde. In meinem Kopf schwappte ein übersäuertes Dressing, man hätte es *löffelweise* abschöpfen müssen, um mich wieder zu klarem Verstand zu bringen. Vor allem Männern gegenüber verhielt ich mich so, verletzend und verbal in höchstem Maße aus der Rolle fallend – Männern, die glaubten, eine alkoholisierte Frau sei ein leichtes Opfer, ein sexueller Anreiz, sich außerhalb der Norm vergnügen zu können. Männer wie diese gab es häufig in den Spelunken, in denen ich mein Bier herunterstürzte, und sie nahmen mich erst stillschweigend vom anderen Ende der Theke ins Visier, um dann urplötzlich neben mir zu stehen und mir ins Ohr zu flüstern, dass ich ja ganz gut was vertrage und ob ich in anderen Dingen auch so verheißungsvoll leidenschaftlich sei.
Anfangs reagierte ich nicht und gab durch einen harten Blick zu verstehen, dass sie ein lästiges Insekt waren. Aber in Bierlaune sind Männer alle gleich mutig – oder besser: gleichmütig – und ließen selten, und wenn, dann mit einem gleichgültigen Achselzucken, von mir ab. Ich schaffte es durch rohe Worte, ihnen meine Verachtung zu präsentieren, und wuchs dabei stets über mich hinaus und verließ das Lokal, ohne mit der Wimper zu zucken. Viele der männlichen Kneipen-Bekanntschaften erzeugten in mir eine aggressive Laune, andere wiederum betrachtete ich gleichgültig von der Seite her und gab dann und wann eine knappe Antwort auf dann und wann verblödete Fragen, wie zum Beispiel was denn eine so hübsche Frau in solch einem schäbigen Etablissement mache – ALLEINE??? Manche Typen waren mir schon allein deshalb zuwider, weil sie einfallslos und rigide waren, eine Anhäufung degenerierter Möchtegern-Kerle, die zu Hause nichts zu sagen hatten oder ihr Zuhause mit keiner Frau teilten, weil keine dazu bereit war. Die meisten Männer hatten jedoch eine Partnerin, und aus dem Grund liebten sie anonymen Sex. Ich war manchmal bereit dazu, wenn ich müde und gelangweilt war von ermüdenden und langweiligen Dialogen, wollte aber weder den Namen wissen noch den Werdegang

durch die Welt ihrer Frauengeschichten. Und ich ließ es *nie* zu, dass der Auserwählte mich küsste. Wenn es doch geschah, zog ich mich an und verließ wortlos und, ohne einen Blick zurückzuwerfen, die Wohnung, in welche es mich verschlagen hatte. Ich traf mit mir selbst die einfachsten Präliminarien: Meine Emotionen überzog ich mit einer Eisschicht, das war gut und schuf Distanz zu der Tatsache einer/meiner verlorenen Moral.

Eines Tages jedoch bekam ich das Zittern, und wenn ich daran zurückdenke, stellen sich mir noch immer die Nackenhaare auf. An einem Abend im Dezember 2005 war ich unterwegs und besuchte eine Bar, in der ich mich, wie sonst auch, zielstrebig an der Theke niederließ. Ich dachte über ein Problem nach, das da hieß, wann ich endlich so weit war, mit dem Saufen aufzuhören. Ich sinnierte also vor mich hin, in der rechten Hand das Glas Bier, die Zigarette in der linken Hand, als mich von der Seite ein Typ ansprach, massig im Umfang, mit zurückweichendem Haaransatz, dicken Wurstfingern und einem Ehering am Finger. Ein Paradebeispiel von untergeordnetem Typ, auf der Suche nach anonymen Schäferstündchen und einer Frau zu Hause, der es sicherlich vollkommen gleich war, wann ihr Mann nach Hause kam, und vielleicht auch, ob er überhaupt kam. Mir lief ein Schauer über den Rücken, als er mich fragte, ob er mich auf einen Drink einladen dürfe und womit ich denn „so intensiv beschäftigt“ sei. Knapp erwiderte ich, dass ich bereits ein Bier trinke und der Rest ihn wohl kaum zu interessieren habe. Ja, warum ich denn nicht mit ihm reden wolle, fragte er ungeduldig. Ich bedachte ihn mit einem kalten Blick und einer wegwerfenden Handbewegung und antwortete, dass er mich bitte in Ruhe mein Glas austrinken lasse solle, bevor er mich dazu bringen würde, ihm zu sagen, wie widerlich er mir erschiene. „Schlampe, fick dich, du Schlampe!“, zischte er plötzlich. „Ich möchte dir am liebsten deine Innereien rausreißen und darauf herumtrampeln. So wie die Menschen im alten Griechenland bei der Traubenlese. Und DU DARFST DABEI ZUSEHEN!!“

Mir blieb die Luft weg. Ich weigerte mich beharrlich, dem anflugartigen Panikgefühl nachzugeben, denn dies war ein ernster Zustand, den ich vermeiden wollte. Der Typ knallte sein Glas auf den Tisch, machte auf dem Absatz kehrt und verließ das Lokal. Ich saß noch einige Zeit dort, wie gelähmt, konnte mich nicht rühren. Also blieb

ich sitzen, festgeklebt auf dem Barhocker, und starrte auf die Phalanx der in allen Farben leuchtenden Flaschen an der Wand mir gegenüber. „Was war bloß mit mir passiert?“, dachte ich. „Warum hockst du noch hier, als seist du an den Stuhl genagelt? Was war das eben? Schwimmt Satan jetzt nicht nur in der Flasche, haben sich seine Schergen bereits überall abgesprochen, um mich an irgendeiner Ecke zu Fall zu bringen? In Gestalt dieser Ausgeburt des Bösen von eben??? Ein Gesandter des Teufels?“ Noch nie waren solch schmerzhaft-widerliche Worte an mein Ohr gedrungen.
Ich tauchte meinen Blick in das Glas Bier und trank es leer. Nur nicht nachdenken. Aber ich begann zu *sammeln*. Wie warnende leuchtend rote STOPP-Schilder sammelte ich vor meinem geistigen Auge Zeichen, detailgetreue, kleine Kinofilme über Gefahren, Verbote, Zerfall – über all das setzte mich der Suff hinweg. Über all das hatte *ich* mich schon hinweggesetzt, immer wieder. Und dabei hatte ich immer wieder ein Schweineglück.
Irgendwann rutschte ich dann vom Stuhl, bezahlte und taumelte weiter durch die Nacht, hinein in den nächsten Beatschuppen, hinein in die gleißende Fluoreszenz der Diskothek.

Gegen drei oder vier Uhr morgens, wenn mein Zustand mir schwankende Schritte und einen schweren Zungenschlag bescherte, hörte ich auf, Alkoholisches zu trinken, aber meist nur deswegen, weil ich keinen Cent mehr hatte und es gerade noch für ein Wasser und das Taxi nach Hause reichte. Es war auch zuweilen nicht unüblich, dass man mich aus der Diskothek schleppte, um mich dann auf der Straße am Bordstein abzuladen, weil ich bei unkoordinierten, schwankenden Tanzversuchen über meine eigenen Beine gestolpert war und einige Leute im Fall mitgerissen hatte, die mich höchst erbost als besoffene Sau titulierten, wie das wohl verständlich war. Ich war oft todmüde und hungrig und wollte nur noch schlafen. Ein trostloses Objekt, zerfleddert vom Chaos meines nicht bewältigten Lebens. Übelkeit und Schwindel erfassten mich, aber auch die Gier nach Pizza, Pommes, Chips und Fleisch in jeder Form. Zu Hause, mit noch über zwei Promille, ließ ich dann Pommes auf das Backblech prasseln, wusch mir Gesicht und Hände, schaltete um fünf Uhr morgens den Fernseher an, wartete auf die fertigen Pommes, schlang diese mit Heißhunger hinunter und fiel für einige Stunden

in den Tiefschlaf, bei leise laufendem Fernseher. Wenn ich dann erwachte, bereitete ich mir die nächste, sehr kalorienreiche Mahlzeit zu, es war mir völlig egal, was. Und so dauerte es bis zu 26 Stunden, in denen ich mich der Ausnüchterung hingeben musste, im Wechsel zwischen Essen und Schlafen, und literweise Mineralwasser trank, um die fürchterlichen Kopfschmerzen los zu werden, die mich ans Bett oder an die Couch fesselten. Und jedes Mal schwor ich mir, dass es das letzte Mal war. Aber diese Maschinerie erlaubte mir im Höchstfall fünf Tage Pause, bis wieder Donnerstag oder Freitag war, an denen sich das Monster in meine Bauchhöhle schraubte und mir die Luft abdrückte.
An klaren Tagen wuchs die Hoffnung, dass das Monster sich nicht ankündigen würde, doch sie glitt mir aus der Hand, und in der solchen hielt ich dann wieder die Flasche. In meinem Kopf flogen die Dinge durcheinander wie in einem unaufgeräumten Kinderzimmer, ich stolperte über diesen und jenen Gedanken und kriegte keinen wirklich konstruktiven zusammen. Mein Leben war eine Müllkippe, und der Versuch, gewissermaßen Recycling zu betreiben, scheiterte jedes Mal an meiner Handlungsbereitschaft, mir bewusst Alkohol einzuflößen, um eine befreiende Wirkung zu erzielen, *denn ich ertrug diese Gedanken einfach nicht.* In Wahrheit jedoch blockierte und hemmte der Alkohol meine Energie, meine Ursprünglichkeit, meinen Kampfgeist, meinen Glauben an ein schönes Leben. Und meine Träume wurden verdrängt und somit auch die Hoffnung. Wie ein Spiegel, der zu Boden geworfen seine kaleidoskopartigen Formen hergibt, sah ich meine Seele verteilt, im Schmutz dahingeworfen, das Selbstmitleid größer als die Schande, die sich nun alle viereinhalb Tage über mein Dasein legte wie eine Brandschutzdecke, jeden Funken, jedes Feuer im Keim erstickend. Ich verlor das Bewusstsein, die Kontrolle, jeden Tag ein Stück davon, und es wuchs eine Art widerwärtiges Empfinden und ein hohes Maß an Zorn gegen meine eigene Person. Und dies genau ist unter anderem der richtige Nährboden für den Alkohol. Wie ein schmerzhafter Tumor konnte er sich in meinem Körper ausbreiten, meine Funktionen lahmlegen und meine Kräfte rauben. Ich war nicht mehr Herr der Lage, gesteuert von einer Unbekannten war mein Leben scheinbar in einer Haft- und Verwahrungsanstalt untergebracht worden.

Ich war zu diesem Zeitpunkt 36 Jahre alt. Und auf seltsam beiläufige Weise versuchte ich tatsächlich zu sterben. Alkoholkranke haben die erstaunliche Illusion, dass sie dem realen Leben und damit ihren Gefühlen entkommen können, indem sie sich betrinken. Es entwikkelt sich eine manische Suche auf alles, was dazu führen könnte, den Frieden in der Brust einzuleiten, der längst abhandengekommen ist.
Ich habe das mittelschwere Bedürfnis, das typische Klischee, das jedem Alkoholiker anhaftet, zu entkräften und aufzubrechen, wie einen Panzer, denn dieser Panzer hat mir jahrelang eisenhart den Atem verschlagen. Zum einen das Klischee des heruntergekommenen Stadtpenners, der mit Aldi-Tüte und seinen darin befindlichen Trost-Flaschen die Menschen auf den Straßen um einen Euro anbettelt, gekleidet in abgetragenen, verschmutzten Mänteln oder in fleckigen, speckigen Jogginganzügen, gehüllt in einer Wolke enttäuschenden Geruchs von Ungewaschenheit und Urin. Zum anderen das Klischee der vollkommen morbiden Koma-Säufer und Ballermann-6-Flankierer an den heißen Stränden von Palma de Mallorca. Die in der ersten Kategorie Genannten haben es tatsächlich versäumt zu verstehen, dass ihr Leben von Grund auf neu eingerichtet werden muss, und sie haben den sozialen Abstieg als Zeichen ihrer Machtlosigkeit und Selbstaufgabe hingenommen. Stadtpenner Kuno S., die Sache ist gegessen, eine verlorene Seele mehr im gesellschaftlichen Schlamm der Großstadt. Das ist die erste Kategorie.
Wir leben in einer Welt, die falsche Ziele ansteuert: Gewalt, Unredlichkeit, Sittenlosigkeit und Macht und Reizüberflutung. Für einen Menschen mit Suchtpotenzial sind diese Dinge, der Zerfall und die Zerrüttung unserer Gesellschaft, *erst recht Anlass*, einen eigenen Weg zu suchen, eine Nische, in der er sich verstecken kann, sich betäuben kann, weil er schwach ist, nicht kämpfen kann, nicht die Welle durchbricht, die schonungslos auf ihn zurollt. Stattdessen wächst immer mehr das Gefühl der Substanzlosigkeit, der Angst und der Lebensunfähigkeit.
Ich habe mich so gefühlt. Sie können sich nicht vorstellen, wie schwer es mir fällt, davon zu berichten, aber ich muss es tun, damit Sie verstehen, warum ich mich fühlte, als hätte mich die Pest befallen, als würde ein stinkendes Ungeheuer mir Körper und Seele in Stücke reißen. Am allerschlimmsten jedoch war das breite, krie-

chende Gefühl von Einsamkeit. Ich fühlte mich allein gelassen. Ich war nicht fähig, jemandem von dem Ungeheuer zu erzählen, das mir ständig auflauerte, an jeder Ecke, in jedem Raum, Tag und Nacht, ob ich aß, schlief oder arbeitete. Immer an den Tagen, an denen ich nicht trank, und das waren am Stück ja nur vier bis fünf Tage die Woche. Seltsamerweise war ich noch so geistesgegenwärtig, diese vier Tage einzuhalten, da ich ja im Arbeitsgeschehen steckte und meine Leistungsfähigkeit erhalten bleiben musste. In der Vergangenheit war ich nämlich auch schon mal auffällig gewesen, hatte auch unter der Woche getrunken, konnte dann am darauffolgenden Tag nicht zur Arbeit erscheinen und musste freinehmen oder mich krankmelden.

Die in der zweiten Kategorie Genannten befinden sich auf dem Weg in die Trunksucht, wenn sie es nicht verstehen, Maß zu halten und Sorglosigkeit die Oberhand gewinnen lassen. Ein Trinker offenbart sich nie, es ist für die Außenwelt auch nur dann offensichtlich, dass ein Trinkproblem besteht, wenn alle Verhaltensmuster des Betroffenen darauf hindeuten (wenn zum Beispiel bereits körperliche Folgeerscheinungen wie die berühmte rote Säufernase oder flatternde Hände sowie Kontrollverlust beim Alkoholkonsum auftreten). Die Außenwelt reagiert entweder mit dem zögerlichen Versuch, das Thema anzuschneiden, oder sie reagiert gar nicht, vielleicht aus Hilflosigkeit, aber ganz sicher nicht aus Mitgefühl. Es wird zur Seite geschaut oder – wenn man es mit einem anstrengenden Zeitgenossen zu tun hat, der mit schwerer Zunge bereits dummes Zeug labert – man sucht sich einen anderen Tisch.

Ein trockener Alkoholiker offenbart sich auch nie oder selten, ist aber durch seine nun trockene Lebensweise daran gebunden, jedes ihm angebotene alkoholische Getränk abzulehnen, was wiederum auffällig erscheint, denn auf jeglichen gesellschaftlichen Anlässen wird Alkohol gereicht, damit er konsumiert wird. Es gehört in vielen Kreisen des öffentlichen Lebens einfach zum guten Ton.

Doch trocken oder nass: Unsere Tarnkappe tragen wir, sie ist mit uns verwachsen, tief ins Fleisch eingebrannt, wir können sie nicht abziehen wie eine zweite Haut. Sie ist der Schutz, um wenigstens nach außen gesellschaftsfähig zu *wirken*. Vielleicht sind wir es sogar, aber irgendwie gehören wir da nicht mehr rein. Das traurige an der Geschichte ist, dass dieses Tabuthema Alkohol wie fast alle chronischen Suchterkrankungen (für andere) wenig Einblick in die Unheilbarkeit des erkrankten Betroffenen gibt. Dieser lebt in einer Blase, unter einer Kuppel, abgeschirmt vom Rest der Welt, die um ihn herum tobt, wogt und an seinen Nerven zerrt: „Komm, setz dich zu uns und trink einen Schluck." – „Nein danke, es geht mir einfach zu gut", sagt der *trockene* Alkoholiker und wird mit grenzenloser Verwunderung und Verwirrung angestarrt.

Die Klischees, die uns unsere Gesellschaft so unbarmherzig unter die Nase reibt, sind für den Trinker demoralisierend und wider jegliche Menschenwürde. Wir schauen weg, wenn der besoffene Penner in seinen Lumpen am Straßenrand oder auf der Parkbank in der Embryonalstellung zusammengekauert liegt, mit verklärtem Blick leise vor sich hinbrabbelt und der Sabber aus seinem Mundwinkel tropft. Oder wenn er durch die Straßen zieht, schreit und nichts und niemandem im Besonderen meint, sondern einfach nur durch die Jahre in seinem Kopf stolpert. Die Mutter zieht ihr Kind fort und trichtert diesem ein, der Mann ist wertlos und schmutzig, das Kind müsse immer ganz schnell daran vorbeigehen, es könne sich anstecken und so weiter.

Kapitel zwei

Die Bandbreite der an Alkoholismus erkrankten Menschen reicht über sämtliche Breitengrade unserer Erde und ist ein deutliches Zeichen, dass Orientierungslosigkeit – egal, in welchen Anfängen sie sich befindet oder in welche Richtung sie sich bewegt – früher oder später zu einem Pakt mit dem Teufel führt. Ja, ich würde meine Aussage dick unterstreichen. Die Klischees über uns Trinker haben ihren Ursprung in der oberflächlichen Handhabung des zwischenmenschlichen Umgangs; ein näheres Hinsehen, ein Blick auf den Menschen neben uns lenkt von uns selbst ab, strengt an, gehört nicht zur Tagesordnung, droht das eigene Weltbild in seinen Grundfesten zu erschüttern und führt automatisch an einem selbst vorbei, und das geht ja schließlich nicht. Sich selbst am nächsten zu stehen ist eine traurige Wahrheit und eine abscheuliche Devise. Wir sehen die Unpässlichkeit des vom Alkohol zerstörten Menschen, sprich dem Stadtpenner Kuno S. Wir sehen nicht seine Augen, wir sehen nicht *in* seine Augen, wehren uns gegen seine Gegenwart, fühlen uns in Anbetracht seines Elends, welches ihm aus allen Poren strömt, stark, gesund und mächtig. Und wir gehen an ihm vorbei, so wie wir einen Haufen Hundekot umrunden.

Nein, nein, so schwer vorstellbar es auch erscheinen mag, aber die schwer Alkoholsüchtigen und am Alkohol erkrankten Menschen sind jene, von denen wir es am allerwenigsten glauben können, die wir als solche nicht erkennen, weil sie sich als potenzielle Konsumenten (noch) unauffällig verhalten. Es sind jene, die es verstehen, ein ausgeklügeltes, für sich selbst fast perfides Täuschungsmanöver über Jahre und Jahrzehnte (das kommt auf die körperliche Konstitution wie auch auf die geschlechtliche Komponente an) aufrechtzuerhalten und auszuüben. Jene, die keine Transparenz bieten und keinen Einblick in ihre gestörte Psyche geben, die nichts preisgeben von den Schmerzen in der Magengegend, die da kommen, wenn der Alkoholgehalt im Blut schwindet. Die nichts davon erwähnen, wie das Zittern der Hände einsetzt, wie sich die kaum sichtbaren, kleinen Schweißperlen auf der Stirn bilden, wie der Puls wie eine wütend schnaubende, schwarze Lokomotive durch den Körper walzt und wie dieses dürre, trockene Gefühl in der Mundhöhle die Zunge

am Gaumen festklebt, und die nicht signalisieren: „Es geht nicht mehr, ich brauche was ..."
Und der Stationsarzt Professor Dr. H. (Chefchirurg) an der renommierten St.-Adam-Klinik hält unter seinem Kittel den Flachmann aus bestem Edelstahl bereit, angefüllt mit hochprozentigem Wodka, trinkt ungesehen, hastig und wie von Sinnen in dem Vorraum der Notaufnahme, den Hebel in seinem Kopf genauestens programmiert auf „mehr, mehr, mehr ..." Er trinkt in großen, gierigen Schlucken, das Zeug rinnt ihm heiß die Kehle hinunter, der wabernde Nebel in seinem Kopf gibt ihm das Gefühl der Schwerelosigkeit, und er kann für einen Moment, *diesen Moment*, wieder einmal den Tod seiner kleinen Tochter ertragen, die im Alter von vier Jahren an den Folgen eines hartnäckigen Gehirntumors und nach unendlichen Behandlungsmethoden dann doch verstorben war. Entgegen aller positiven Prognosen zahlreicher Spezialisten war sie plötzlich eingeschlafen, damals, die kleine Lieblingspuppe im Arm, mit einem seligen, blassen Lächeln auf dem winzigen Mund, da hatte sie zu ihm aufgeblickt und gesagt: „Papa, es geht mir gut, mein Kopf tut nicht mehr weh. Du musst dich doch jetzt darüber freuen, Papa ..."
Der Professor fiel in ein gähnend schwarzes Loch, fühlte damals sein Herz wie in Perforation auseinandergefusselt. Er konnte nicht trauern, nicht akzeptieren, er begann den Schmerz zu betäuben, das Unglaubliche auszumerzen. Er las eine Geschichte über einen Buddhisten, der den Tod als Teil des Lebens annimmt, als einen Teil des Kreislaufs der Wiedergeburten.

Auf seinen Reisen begegnete der Buddha einer Frau, deren Kind eben gestorben war. Verzweifelt flehte sie ihn an, es ins Leben zurückzuholen. Der Buddha sagte: „Gut, ich helfe dir, aber unter einer Voraussetzung. Bring mir aus irgendeinem Haus hier in der Gegend, in dem noch niemand gestorben ist, ein paar Reiskörner." Die Frau lief von Tür zu Tür, doch sie traf nur Familien an, die schon einen Menschen durch den Tod verloren hatten. Sie begriff, dass der Tod unvermeidlich ist und dass auch alle anderen Menschen davon betroffen waren. So lernte sie, den Tod ihres Kindes zu akzeptieren und es loszulassen.

Der Professor konnte nicht loslassen, wollte nicht loslassen. Die innere Kälte in seinem Herzen beförderte ihn in eine Art Vakuum, eine Zwischenwelt aus Licht und Schatten, mehr Schatten als Licht. Er wusste nicht mehr, wann es passierte, wann es genau begann, dass er diese Leere füllte. Er fühlte nur, dass er es nicht anders aushalten konnte.
Wenn der Pegel stimmt und der Wodka durch seine Blutbahn schwappt, hört das Zittern der Hände auf und Professor Dr. H. wischt sich die Stirn, lässt den Flachmann in die Seitentasche seiner Hose gleiten, betritt mit weit ausholendem Schritt den OP und setzt mit ruhiger Hand das Skalpell an ...

Und Frau Schmidt, 41 Jahre, Hausfrau und Mutter, attraktives Erscheinungsbild, seit zwölf Jahren verheiratet, der Mann ein hohes Tier an der Frankfurter Börse, zwei Töchter, acht und elf Jahre alt, hoher Lebensstandard, zwei Autos vor der gepflegten Einfahrt, ein Reitstall im rückwärtigen Teil des 240 Quadratmeter großen Einfamilienlandsitzes. Seit anderthalb Jahren trinkt sie täglich über den Tag verteilt bis zu zwei Ein-Liter-Flaschen Wein oder zur Abwechslung eine Flasche Wodka, gemischt, getarnt mit Orangensaft oder Cola, die Flaschen versteckt in Blumenvasen, im Schuppen hinter den Biotonnen, auf dem Heuspeicher, in der Waschmaschinentrommel zwischen schmutziger Kleidung, den verschwitzten Sportklamotten ihrer Töchter und zwischen Bügelwäsche, auch im Spülkasten der Toilette. Frau Schmidt, aus gutbürgerlichem Hause, Tochter eines Generals der Luftwaffe und einer liebevollen, gütigen Mutter, die von einer Hochzeit ihrer Tochter mit dem Börsenheini mit aller Inständigkeit abgeraten hatte, wohlwissend um die Enttäuschung, die ihrer Tochter blühen würde. Frau Schmidt, bis zur Hochzeit Jurastudentin, im sechsten Semester abgebrochen wegen Schwangerschaft, bis zur Geburt des ersten Kindes glücklich und blind vor Liebe, finanziell abgesichert durch den überdurchschnittlichen Verdienst des Gatten. Er, gut aussehend, mediterrane Bräune, hochgewachsen, äußerst ehrgeizig, geschäftstüchtig, intelligent, Prädikat „wertvoll".
Nach außen hin eine wohlgeordnete, glänzende Fassade, die das Leben der Frau Schmidt präsentierte. Nach außen hin Glückseligkeit und Wohlstand, der absolute Etikettenschwindel, als sie herausfand,

dass ihr Mann nicht nur eine schwule Vergangenheit, sondern eine ebensolche gegenwärtige Verbindung aufwies. Ihre Welt krachte zusammen wie die Twin Towers 2001 in New York, ihr Herz faltete sich zusammen wie der Papierflieger ihres kleinen Bruders, den er in feinster Sorgfalt gebastelt hatte und den sie im Alter von 13 Jahren zerstörte, als er sie dabei erwischt hatte, wie sie sich im Badezimmer vor dem Spiegel die Achselhöhlen rasierte. Sie hatte sich so geschämt und war so wütend, dass sie ihm das kleine Papierkunstwerk vor seinen Augen in Stücke zerriss.

In den Taschen ihres Mannes fand Frau Schmidt eine Hotelrechnung für ein einschlägiges Gay-Etablissement sowie einen flüchtig geschriebenen Namen und eine Telefonnummer („Jack, see you again, 855742") auf der Rückseite. Sie glaubte es nicht, sagte nichts, stellte keine Fragen, gab mit keiner Miene zu verstehen, dass sie Bescheid wusste. Und dann begann sie *ihr* Doppellleben, genauso wie ihr Mann, nur auf eine andere Weise, aber genauso heimlich. Sie setzte Alkohol zur Beruhigung ein, denn wenn sie trank, war sie mit sich, und der dichte Schleier, der ihr den Alltag erträglich machte, half ihr, der Wahrheit zu entkommen. Sie wollte es weder wissen, noch spüren, noch sehen, noch aussprechen. Sie fand heraus, wie angenehm es war, sich aufzulösen, die heimtückische Kraft des Alkohols.

Mit 41 hatte sie die Zielgerade verlassen – ein dämonischer Pakt von vielen Hunderttausenden, der irgendwo auf der Welt mal wieder eingegangen wurde und wieder mal da begonnen hatte, wo die Zuversicht schwindet und die Abhängigkeit sich in den Alltag schleicht, wie eine schwarze Katze, die einem Spatz auflauert, der ahnungslos einen Brotkrumen vom Boden pickt, nichts ahnend, wer ihn gleich im Nacken packt ...

Ich kenne das.

Wenn man *nicht* an den Punkt kommt, wo man sich entscheiden muss zwischen dem Alkohol und dem, was sonst noch wichtig ist im Leben, dann wird es gefährlich. Doch auch wenn es mancherorts so aussieht, als sei dem Trinker alles egal, haben die meisten noch viel, was sie nicht verlieren möchten. Es ist schon ein Fortschritt, wenn der Trinker am Leben bleibt, aber dazu gehört es, den Kampf aufzunehmen.

Natürlich entspricht es den Tatsachen, dass ein Leben (oder besser: ein Sterben) nach *jahrelangem* Alkoholmissbrauch auf der Straße endet und enden wird, wie bei unserem Stadtstreicher Kuno S., bei dem die totale soziale Entwurzelung vollendet ist. Es ist auch nicht von der Hand zu weisen, dass dies immer wieder vorkommt, heute mehr denn je.

Es blieb mir verschlossen, warum ich in Herrgotts Namen nicht nur *ein* Bier oder *einen* Wein trinken konnte – warum musste ich mich jedes Mal fast bis zur Besinnungslosigkeit betrinken, bis ich meine Glieder nicht mehr spürte, ich die Gegenstände im Raum umherfliegen sah, die Lichter in den Nachtklubs und die Straßennamen doppelt und dreifach vor meinen Augen tanzten und meine Zunge wie ein vollgesogener, schwerer Lederlappen in meinem Mund lag? WARUM? Es blieb mir verschlossen, wieso es möglich war, in früheren Zeiten meinen Alkoholkonsum in Grenzen zu halten, aber die letzten zwei Jahre war das eben nicht mehr möglich.

Nach den Erkenntnissen der Weltgesundheitsorganisation (WHO) gilt für Frauen ein *täglicher* Durchschnittskonsum bis zu 7 Gramm/Liter reinen Alkohols (das entspricht einem kleinen 0,3-Liter-Bier oder einem Achtel Wein) und für Männer 16 Gramm/Liter reinen Alkohols als Unbedenklichkeitsniveau (risikoarm)!

Was ich auf dem Höhepunkt meiner Alkoholkarriere jedoch schluckte, war nicht mehr messbar. Ich wunderte mich lediglich, dass ich überhaupt so viel vertragen konnte, was mich wiederum entsetzte. Heute weiß ich, warum ich bei dem Versuch, *wenigstens ab und zu* Maß zu halten und kontrolliert zu trinken, immer wieder kläglich scheiterte. Die Krankheit beginnt, wenn der Genuss von Alkohol immer häufiger *zum Bedürfnis* wird. Ich *brauchte* meinen Alkoholspiegel, und zwar alle vier, manchmal auch fünf verdammten Tage. Ich musste mehr trinken, weil sich, wenn ich es nicht tat, eine abnehmende Alkoholwirkung einstellte (dieser Prozess nennt sich Toleranzerwerb/Toleranzentwicklung). Und ich hasste das. Und ich wusste nicht, warum. Ich wusste nicht, dass die Leber, das Organ des Menschen, welches unter anderem den Alkohol verkraften muss, eine zunehmende Alkoholverarbeitungskapazität entwickelt, indem sie zusätzliche Enzyme für den Abbau des Alkohols – eine Art Reservekapazität für größere Alkoholmengen – bildet. Dieses zusätzliche und wichtigste Enzym nennt die Medizin MEOS

(Mikrosomales Ethanol oxidierendes System), ein Suchtmechanismus. Dieser Mechanismus bewirkt den beschleunigten Abbau des Alkohols. *Daher* konnte ich mittlerweile große Mengen an Alkohol vertragen!! Das ist einfach unglaublich.

Jedoch – und das ist das eigentlich Dämonische an diesem System – *zwingt* der zusätzliche Abbau des Alkohols durch das MEOS-Enzym erneut zu weiterem Alkoholkonsum, weil die durch das Enzym verkürzte, angenehme Hauptwirkung wiederhergestellt werden soll. Deswegen entsteht das Bedürfnis, immer mehr oder stetig zu trinken, damit der „Spiegel" gehalten wird. Ansonsten treten nämlich die unangenehmen Entzugserscheinungen auf (wie im Fall des Professors beschrieben). Das Ergebnis „Alkoholerkrankung" ist erreicht, wenn der Betroffene des Öfteren bis zum Rausch trinkt (Kontrollverlust) und, wie bereits erwähnt, sich die abnehmende Wirkung des Alkohols bemerkbar macht (s. o. Toleranzentwicklung!!), was unerträglich ist, denn dann heißt es wieder: „Spiegel halten, ich brauche was!!!"

Ich wusste außerdem nicht, dass das MEOS-Enzym in der Leber ausgebildet bleibt und auch nach längerer Abstinenz wieder aktiv wird, wenn der geheilte Alkoholkranke (= trockener Alkoholiker) später auch nur eine geringe Menge Alkohol zu sich nimmt. Auf gut Deutsch heißt das: *Nie wieder auch nur einen einzigen Tropfen,* da das einen Rückfall in das herkömmliche Trinkverhalten zur Folge haben kann. Es ist also vollkommen unerheblich, ob der Alkoholkranke fünf, zehn oder zwanzig Jahre nicht getrunken hat, er *kann* rückfällig werden, wenn er, vielleicht auch unbeabsichtigt, auch nur eine kleine Menge zwischen die Lippen bekommt – eine unumstößliche, medizinische Prognose bis zum Lebensende. Es will noch erwähnt sein, dass sich das MEOS-Enzym im Übrigen auch bei Medikamentenabhängigkeit ausbildet.

Somit lag der Strick um meinen Hals, und ich war die Einzige, die ihn lösen oder zuziehen konnte, endlich oder unendlich. Ein Alki im nassen Zustand findet immer einen Grund zum Saufen, und/oder weil er nicht aufhören will, beschreitet er gleichzeitig den Weg des geringsten Widerstandes: Er verteilt Schuldzuweisungen an sein Umfeld, an seine Mitmenschen, an seinen Chef, an seinen Partner, an seine Familie, an seine verkorkste Kindheit. Oder schuldhaft sieht er auch ein Trauma, welches er einmal durchlebt hat. Die Palette ist unendlich und lässt sich nie ganz klar festlegen, beziehungsweise sie ist vereinzelt auch durch individuelle Fallkonstellationen nicht ganz festlegbar. Eine Suchneurose entsteht, die manische Jagd, das Saufen zu erklären, wenn dem Umfeld die Fragezeichen im Gesicht stehen.

Fehlt die *Krankheitseinsicht*, zeigt sich dieses immer wiederkehrende Bild des klassischen Trinkers.
Es gibt jene, die einfach nur *trinken wollen*, es gibt andere, die, darüber verzweifelt, *dass* sie trinken, nicht damit aufhören können. Es gibt wieder andere, die gar nicht mehr darüber nachdenken, weil die neurologischen und psychiatrischen Folgeerkrankungen sie bereits so weit geschädigt haben, dass das Annehmen fachärztlicher Initiativen annähernd zur Unmöglichkeit wird (unser Kuno S.). Als die bekanntesten neurologischen Folgeerkrankungen sind unter anderem die epileptischen Entzugsanfälle zu nennen. Sie treten nach 7 bis 48 Stunden nach dem Absetzen des Alkohols auf. Ferner entwickelt der Alkoholabhängige aufgrund eines akuten Vitamin-B1-Mangels Augenmuskellähmung, Gangunsicherheit, Bewusstseinstrübung und Orientierungsstörung (Wernicke-Enzephalopathie). Auch die Gehirnschrumpfung schreitet voran. Die Schrumpfung des Großhirns geht vor allem mit sogenannten Persönlichkeitsveränderungen einher. Stimmungslabilität, Reiz- und Erregbarkeit, Nachlassen der Kritikfähigkeit, Interesse- und Antriebsverlust stehen hierbei im Vordergrund. Und es kommt zu Einschränkungen der geistigen Leistungsfähigkeit. Die Schrumpfung des Kleinhirns ist in erster Linie mit Störungen der Bewegungskoordination und verwaschener Sprechweise verknüpft. Die häufigste Folgeerkrankung ist jedoch die Polyneuropathie. Am meisten sind hiervon die Gliedmaßen, vor allem die Beine, betroffen (schleppender, orientierungsloser Gang) sowie das bekannte Entzugsdelir (Delirium tremens). Ein bedrohlicher Zustand für den Betroffenen. In der Regel tritt er am dritten oder vierten Tag der Abstinenz auf und kann bis zu sieben Tagen andauern. Dem Delir geht häufig ein epileptischer Entzugsanfall voraus (s. o.). Es kommt zu Trugwahrnehmungen und optischen Halluzinationen (weiße Mäuse sehen!! etc.). Steht der Betroffene bei einem Alkoholdelir nicht unter ärztlicher Aufsicht, kann dies zum Tode führen. In den Entgiftungsstationen der Krankenhäuser

ist die ärztliche Aufsicht natürlich gewährleistet und geschieht auch unter Verabreichung von Medikamenten (u. a. Clomethiazol und Benzodiazepine), damit ein Krampfanfall des Patienten erträglich ist und nicht todbringend ausgeht. Aber wenn es Kuno S. passiert, weil er mangels Kohle nicht an seinen Stoff kommt und in den Entzug rutscht, wird es lebensgefährlich, wenn keine ärztliche Versorgung bereitsteht. Sämtliche Organe versagen, Stück für Stück, bis das Herz den letzten Schlag tut. Alkohol ist ein Zellgift und sorgt für die totale Zerstörung des Organismus und aller lebenserhaltenden Organe und führt auf Dauer gesehen zum Tode.

Weiter gibt es die heimlichen Trinker (unsere (Haus-)Frau Schmidt und den Professor); es gibt die Kick-Trinker (auch unter dem gängigen Begriff „Flatrate-Säufer" bekannt); es gibt die dauerhaften Trinker, die schlechthin aus *Gewohnheit* das Bier oder den Wein am Abend trinken, irgendwann aus Gewohnheit trinken *müssen* und es nicht mehr weglassen können, weil auch bei ihnen das MEOS-Enzym hervorragend ausgebildet wird oder ist (je nach Menge und Regelmäßigkeit des über Jahre zugeführten Alkohols). Es gibt auch jene Trinker, die für einige Monate *ohne* Entzugssymptomatik abstinent bleiben können (wie das geht, ist mir immer noch ein Rätsel) und die in dieser Zeit nicht einmal einen einzigen Gedanken an Alkohol verschwenden oder auch nur das kleinste Verlangen nach Alkohol verspüren. Sie sitzen jedoch auf einem Pulverfass, denn die Gier holt sie urplötzlich und sehr heftig ein, beispielsweise im täglichen Allroundgeschehen, beim Fahrradfahren oder inmitten einer Geschäftsbesprechung. Sie werden mit solch einer Plötzlichkeit von einer motorischen Unruhe getrieben, dass sie dann bis zu zehn Tage *rund um die Uhr trinken,* ohne Pause, gänzlich oder fast ohne Nahrungsaufnahme, teilweise auch ohne Schlaf. Wie ein Hai im Blutrausch dreht der Betroffene völlig durch, wenn er den ersten Tropfen auf der Zunge schmeckt, und dann trinkt er, bis er die Augen verdreht und in einen komatösen Schlaf verfällt, und wenn er daraus erwacht, macht er mit der gleichen Menge Alkohol weiter – tagelang, manchmal wochenlang. In dieser Phase, die bei jedem Quartalstrinker *temporär* wirklich ganz unterschiedlich andauern kann, kehrt er der Welt ausnahmslos den Rücken, verbarrikadiert sich in seiner Wohnung, ist weder über Haustürklingel noch über das Telefon erreichbar beziehungsweise reagiert nicht, verlässt natürlich nur *ungesehen und still* sein Zuhause, um neuen Stoff zu kaufen, im Supermarkt um die Ecke oder an der Tankstelle drei Straßen weiter. Er ist für nichts und für niemanden ansprechbar, zieht sich tief zurück in seine Welt aus Nebelwänden, die dick und undurchdringlich sind, wächsern und schwer und grau wie die Nebelbänke in den schottischen Highlands …

Kapitel drei

Sicher fragen Sie sich jetzt, in welche Kategorie ich denn nun eingeordnet gehöre. – Das weiß ich leider auch nicht. Bis auf das Quartalsbesäufnis ist vielleicht von allem etwas dabei, von jedem ein bisschen. Und Sie werden sich auch die Frage stellen, die sich jeder stellt, sogar ich: WARUM HABE ICH GETRUNKEN??

Ich sage: *habe*, weil ich eine zwölfmonatige Langzeittherapie in einer Fachambulanz für Suchterkrankungen hinter mir habe und seitdem trocken bin. Und seitdem nicht mehr die bin, die ich war. Oder wahrscheinlich *die* bin, die ich lange, lange vor dem Trinken mal war.

Ich kann Ihnen das nicht sagen. Und ich kann Ihnen auch nicht sagen, ob das so bleibt oder ob ich wieder trinken werde. Irgendwann. Aus irgendeinem Grund. Irgendwo, heimlich oder offen. Ich kann dazu nichts sagen. *Aber ich lebe.* Und ich lebe sehr bewusst und spüre mich wieder. Jede Faser meiner Seele, jede Faser meines Körpers hat wieder Funktion übernommen, vielleicht die Aufgabe, mich durchs Leben zu leiten, *gesund* zu leiten. Die Gedanken, die mir in der Zeit der Abhängigkeit so unerträglich erschienen waren, hatten mir die Tage und Nächte entheiligt, mich substanzlos gemacht, mich mit Todeswut, Verzweiflung und Todessehnsucht erfüllt.

Dennoch: Heute muss ich kämpfen, immer wieder, manchmal wochenlang gar nicht, aber dann wieder tageweise für ein bis zwei Stunden, nicht länger, wenn ich Glück habe. Und nachts quälen mich Träume, und beim Aufwachen kann ich den Wein schmecken, den Wodka, den Ramazzotti, den Sekt. Und ich springe dann wie von Sinnen aus dem Bett und suche in der Wohnung umher, ob Flaschen rumstehen, ob Kronkorken oder Sektkorken den Couchtisch bedecken. Für den Moment habe ich dann vergessen, dass es nur ein Traum war. Und wie glücklich bin ich, dass es einer war!!

Der Schweinehund sitzt mir hechelnd auf der Schulter, ein Leben lang, ein dauerndes, lauerndes Zähnefletschen, das mir Angst machen, mich unterwürfig machen soll, bis ich durchdrehe, nachgebe, mich *ergebe*. Ein Leben lang aufpassen, genau hinschauen, was du anfasst, dir in deinen Mund schiebst, dich in allen noch so banalen Situationen reflektieren, denn überall lauert das Monster, der Schweinehund, kaltblütig, unbarmherzig. NEIN. Und NEIN.

Hinfort mit dir, du Satansbrut, du kriegst mich nicht, zu lange hattest du mich in deinem dreckigen, verseuchten Maul, mit all dem stinkenden Sabber hast du mich beleckt, deine Zunge trägt den Keim des Bösen, du hast mich verführt und dann liegen lassen. Hinfort!!

„Du verlierst das Selbstvertrauen, wenn du mit dem Teufel tanzen gehst“, insistierte einmal ein Säufer, mit dem ich an der Theke saß, ein älterer Herr mit wässrigen, roten Augen. „Über Jahre, jede Woche und im Kopf sowieso Tag und Nacht, jedes Mal verschwindet ein Stück von dir, es ist einfach zum Kotzen“, sprach er leise und trank einen kräftigen Schluck Bier. „Du bist noch jung, Mädchen“, sagte er, „versuch ganz schnell, damit aufzuhören. Könntest noch Kinder haben und so“, fügte er augenzwinkernd hinzu, „bist doch 'ne hübsche Frau.“ Ich sagte ihm nicht, dass ich mein Selbstvertrauen bereits verloren hatte, ich war 36, und wir schrieben das Jahr 2006.
Ich versuche so weit wie möglich, einen Pfad durch das Dickicht meines in tollwütiger, selbstzerstörerischer Absicht geführten Lebens zu schlagen, damit Sie verstehen, warum ich heute wieder lebe, warum ich aufwachen konnte, warum ich den Ratenselbstmord nicht weiter dulden konnte. Warum der Hass gegen den Schweinehund auf meiner Schulter sich mit der Kraft vereint hat, die ich aufbringe, um diesen Schweinehund wegzuschieben, damit er mir nicht das Bier vor die Nase stellt und den Abstand zwischen mir und der Flasche verringert.
Ich möchte jedoch einschränkend betonen und das für mich haltbare Argument gelten lassen, dass ich den Alkohol nicht ausschließlich zum Feind erklären kann, wenn es auch so rüberkommt und ich diesen widerlichen Schweinehund erwähne. In dem monatelangen, strengen Therapieverlauf habe ich lernen und eingestehen müssen, dass der Alkohol auch ein Freund war, dass jener mich beruhigt und mir Trost gegeben hat. Und heute fehlt eben manchmal diese mit nichts vergleichbare Wirkung, oder besser: Ich vermisse diese besondere Weise der Wirkung, das Schweben, den Rausch, die Leichtigkeit des Seins. Und ich *hasste* dieses Verlangen danach, die Gier war an manchen Tagen höllisch. Eine Freundin fragte mich einmal, wie es sich denn so anfühlt, dieser Suchdruck, wenn er mich überfällt. Ich erklärte ihr, dass es so sei, als stündest du kurz vor dem sexuellen

Höhepunkt, alle Muskeln haben sich bereits in äußerster Ekstase dafür gespannt und warten auf diese heiße Erlösung. Und dann lässt dein Gegenüber plötzlich von dir ab und versagt dir den Abgang. So ungefähr fühlt sich der Saufdruck an, wenn du gegen ihn kämpfen musst und weißt, dass du nicht nachgeben darfst. Also praktisch versagst du dir den Höhepunkt, die absolute Erregungsspitze. Dennoch hat mein „Freund“ mich getäuscht und aufschwemmen lassen wie einen Heißluftballon (Alkohol hemmt die Fettverbrennung!), mich zum Triebtäter und Dieb meiner Gefühle und Wahrheiten gemacht. Er hatte mich in der Zange, und ich bin kein Mensch, der das ertragen kann; keine Frau, die das in *irgendeiner* Weise noch ertragen *wollte*. Nicht mehr und nie wieder und von nichts und niemandem. Aber damals habe ich ihn gemocht, zu meinem Freund gehabt, alle anderen waren ja schon davongelaufen, aus Hilflosigkeit, Ratlosigkeit und Entsetzen über meine verdrehte Persönlichkeit, meine verklärte Psyche. Wo ist die Susi, die wir kannten, was tut sie da, wo soll das enden, was ist los mit ihr?? *Wie konnte das passieren?* Was ist überhaupt passiert? Warum lügt sie, warum manipuliert sie, warum verletzt sie uns? Grausam ist sie. Attackiert uns grenzüberschreitend, rücksichtslos, unkontrolliert.

Mein Gott, warum hilft mir niemand?? Ihr seht es doch, helft mir! Lasst mich nicht fruchtlose Monologe führen, nehmt mir die Einsamkeit, diese schwarzblaue Enttäuschung in meinem Herzen, wie ein Ölteppich zieht sie sich durch meinen Körper, eine endlose Bahn der Kraftlosigkeit und Erschöpfung. Ich will sie nicht mehr, will, dass sie weggeht – diese Traurigkeit, diese herrschsüchtige Boa constrictor, die langsam meinen Leib zerquetscht, bis mir die Augen aus den Höhlen treten und meine Lungen ächzend nach Sauerstoff ringen. Wie dem auch sei, du musst dir selbst helfen, Susi. Du weißt das. Du musst dir selbst helfen, du musst den ersten Schritt tun. Du musst dir selbst helfen und den Mut aufbringen. Susi, das musst du. Nichts anderes, nicht *die anderen*. Du allein, du mit dir. Versuch es, denn du spürst da was. Vielleicht ist *das* die kleine Chance, vielleicht spürst du sie nie wieder. Also, MACH SCHON!!!!!

Und ich machte. Zwölf Monate lang und vierzehn Tage. Eine Therapie.

Ich war dem Unheil die ganze Zeit auf der Spur und hatte einen Blick darauf geworfen, bevor es weiterziehen konnte, noch tiefer in mich hinein. Wie ein versessener Fotograf der Sensationspresse hatte ich den rasenden Wunsch, das spektakulärste Bild in meiner zerschossenen Seele zu erwischen.
Ich bereitete der Scham ein Ende und zeigte der Hölle den Stinkefinger, messerscharf hatte ich das Schwert gewetzt, und ich zog damit vor die Tore der Apokalypse, mit einem leisen Lächeln auf den Lippen erhob ich das Schwert über meinen Kopf und sagte bestimmt: „Schweinehund, *ich* siege!"
Mir strömten vor Zorn und Kraft die Tränen aus den Augenwinkeln, und die Muskeln in meinen Oberarmen zitterten wie Espenlaub.

*Den nächsten Planeten bewohnte ein Säufer.
Dieser Besuch war sehr kurz, aber er tauchte
den kleinen Prinzen in eine tiefe Schwermut.
„Was machst du da?", fragte er den Säufer, den
er stumm vor einer Reihe leerer und einer Reihe
voller Flaschen sitzend antraf.
„Ich trinke", antwortete der Säufer mit düsterer
Miene.
„Warum trinkst du?", fragte ihn der kleine
Prinz.
„Um zu vergessen", antwortete der Säufer.
„Um was zu vergessen?", erkundigte sich der kleine
Prinz, der ihn schon bedauerte.
„Um zu vergessen, dass ich mich schäme", gestand
der Säufer und senkte den Kopf.
„Weshalb schämst du dich?", fragte der kleine Prinz,
der den Wunsch hatte, ihm zu helfen.
„Weil ich saufe!", endete der Säufer und verschloss
sich endgültig in sein Schweigen.
Und der kleine Prinz verschwand bestürzt.
„Die großen Leute sind entschieden sehr, sehr
wunderlich", sagte er sich auf seiner Reise.*

Antoine de Saint-Exupéry: „Der kleine Prinz"

Kapitel vier

1975

Ich war fünf Jahre alt, als meine Eltern, mein drei Jahre älterer Bruder und meine drei Jahre jüngere Schwester Sommerurlaub in Portugal machten. Finanziert hatte uns diesen Urlaub meine Großmutter, die zu diesem Zeitpunkt schwer an Krebs erkrankt war und meinem Vater, ihrem Sohn, für seine kleine Familie eine letzte Schenkung hinterlassen wollte.
Es war sehr heiß in Portugal. In dieser Zeit entstanden meine ersten Kindheitserinnerungen. In meinem Gedächtnis haben sich seitdem meine Erinnerungen fotoalbumähnlich abgelegt, und ich kann sie hervorholen, als würde man die Schubladen eines Kleiderschrankes aufziehen, und die vielen Farben und Formen tun sich auf. Jedes Kleidungsstück trägt eine kleine Vergangenheit in sich, oder es haftet ihm ein bestimmter Geruch an. So verhält es sich mit meinen kindlichen Eindrücken, die ich gesammelt habe wie andere Leute Münzen oder Briefmarken (obwohl ich beides auch gesammelt habe).
Ich stand zum Beispiel an diesem Sommertag am Strand und empfand das Meer, das sich mit hohen Wellen an das Ufer ergoss, viel zu mächtig, fast Angst einflößend. Und ich hatte das dringende Bedürfnis zu pinkeln. Und da passierte es einfach. Ich trug eine rote Kniebund-Latzhose, auf die ich sehr stolz war und die ich über alles liebte, denn sie hatte viele Taschen, in die ich kleine, weiße Steine und braune Muscheln hineinsammelte. Und eben diese Hose war nun nass und warm, der Urin lief mir links und rechts an den Innenschenkeln hinunter, und ich ekelte mich furchtbar. Unter Tausenden von kleinen Erinnerungen hatte sich diese fast unbedeutende in mein Gedächtnis gebrannt. Es war das einzige und, soweit ich weiß, das letzte Mal, dass ich bewusst mitbekam, wie ich mir die Hose vollmachte. Als annähernd verabscheuungswürdig empfand ich 20 Jahre später den Samenerguss einiger männlicher Geschlechtsgenossen. Und viele weitere Jahre später wusste ich, dass ich diese Dinge in meinem Leben nicht mehr haben und nie wieder erleben wollte. Wie viele Männer ich mit Samenergüssen erlebt habe, kann ich nicht zählen, wie viele ich davon im Suff mitgekriegt habe, kann ich ebenso wenig sagen. Die Abscheu hierüber wuchs jedoch mit

jeder Begegnung zu einem Massiv heran, einem Gebilde, das mich erschlagen würde, wenn das Fundament sich auflöste, auf dem dieses Gebilde noch Halt fand. Und es löste sich auf.

Mein Gedächtnis gleicht einer Tiefkühltruhe; über Jahre haben sich dort Augenblicke, Gesichter, Gespräche, Schatten und Sonne, die mein Leben ausgemacht haben, wunderbar frisch gehalten. Ziemlich oft zu meinem Leidwesen, aber unabänderlich und verblüffend festgefroren. Ich wollte mich zu einigen Zeiten und Phasen Peter Pans Erfolgen anschließen, der behauptete, wenn du einfach nur glückliche Gedanken denkst, dann kannst du fliegen. Doch leider stiegen *ungefragt* viele Bilder in meinem Kopf auf, die ich nicht mochte, nicht wollte, somit war die Sache mit den glücklichen Gedanken wenig Erfolg versprechend. Ich hielt es eben wie Frau Schmidt. Mir war das Logische abhandengekommen. Logik ist eine der heimtückischsten Angelegenheiten, aber wir bewegen uns nun einmal in einer Welt, die auf logischen Entsprechungen beruht, und so zieht jede Aktion eine entsprechende Reaktion nach sich. Meine *Aktion* war das Saufen, und es war zugleich die *Reaktion* auf eine tief verwurzelte Enttäuschung. Wo war da die Logik?
Wer oder was zieht da nun was nach sich? Für mich schien die Zeit in Schwebe zu verharren, eine eiskalte Schicht der Machtlosigkeit, aber Alkohol machte mich warm, hüllte mich ein, versprach mir Unverwundbarkeit. Es war toll. Es war so grausam.
Ich hielt mich für ein nützliches Glied in der Gesellschaft – ich war es nicht. Ich war eine große Lüge. Wenn ich nüchtern war, schob ich „Endlos-Gedanken“ über die Gesellschaft, in der ich leben musste und die ich selten ertrug. Ich war der Ansicht, dass das Bewusstsein von *Größe* in einer Gesellschaft nicht geweckt werden kann, indem man den Leuten mehr Freiheiten zubilligte. Denn wie es sich nun leider zeigt, hat uns der Sittenverfall voll in seinen Krallen. Die Größe könnte entstehen, wenn wir den Blick hinter die Kulissen schweifen lassen und jenen aufrichten, der zu fallen droht. Zuhören, anhören, hinhören, *hinsehen*.
Eine gnadenlose Illusion irgendwie. Denn es würde bedeuten, dass die Menschen Werte und Pioniergeist wiederentdecken würden, Läuterung an jeder Ecke sozusagen, in jedem noch so kleinen Haushalt. Und immer träumen wir alle von der besseren, freundlicheren Welt,

manche von uns tun und machen auch was dafür – unberufen, klar. Dennoch: Es gibt zu viele Anhänger der bequemen, korrupten Schule, ganz besonders sind sie in unseren politischen Reihen vertreten. Zu viel Freiheit, unsere schöne Demokratie falsch verstanden, falsch angewendet, falsch ausgelegt und gelebt. Die Leute sind *zu frei*, offen für Wohlstandsergüsse jeglicher Art, Kurzlebigkeit, psychotische Langeweile, weil sie nicht mehr wissen, wie man sich anstrengt, weil sie bei dem Wort „Opferbereitschaft" im Duden nachblättern müssen. Und ich wollte nur mein Leben *wegschmeißen*, denn ich war nicht reif genug, es sinnbringend zu führen. Meine Flucht nach vorne mit der Flasche im Rucksack war das Aus in der Gegenwart und in der Zukunft. Der Selbsthass zermalmte mir den Kopf, der Hass auf die Gesellschaft, mit der ich nicht zurechtkam, deren Gepflogenheiten schlechter Natur ich mich jedoch hingab und als einen Teil meines persönlichen Zerfalls anerkannte. Diesem Widerspruch war ich nicht gewachsen. Und so trank ich eben, damit ich nicht sehen musste, wie jämmerlich ich eigentlich wirklich war, wie feige, wie schwach und unvollkommen.

Eine melancholische Susi, 1992

Die Persönlichkeitsveränderungen durch das Trinken waren mir und meinen engsten Mitmenschen ein Rätsel, ich betrieb grenzenlos Konfabulation, das heißt Erinnerungslücken wurden von mir durch fantasierte Erlebnisse gefüllt. Glaubwürdig klangen gewisse Berichte anfänglich schon, ich schrieb hierüber Bücher und Briefe, doch ich wusste irgendwann nicht mehr, was daran Wahrheitsgehalt und was Dichtung war. Und die anderen erst recht nicht. Sie verfolgten kopfschüttelnd meine Verwandlung, zogen Sachbücher und Lexika zu Rate, um herauszukriegen, an was ich wohl erkrankt war, da ich offensichtlich Formen einer multiplen Persönlichkeitsspaltung aufwies. In meiner Abwesenheit wurde im Familienkreis rege darüber diskutiert, wie mir wohl zu helfen sei. Aber in meiner Familie wurde immer schon viel diskutiert, über Jahre, nächtelang, oft fruchtlos und destruktiv, bis man resigniert das Bett aufsuchte und einem die Ohren dröhnten von dem vielen Stimmengewirr, den wechselhaften Stimmungsschwankungen und Argumentationen der einzelnen Familienmitglieder. Wir waren eine Einheit, und doch waren wir eine Insel im Ozean, an der die Wellen leckten und die mit jedem Wellenschlag ein bisschen mehr von ihrer Beschaffenheit einbüßte.

Unsere Insel begann 1992 ins offene Meer hinauszutreiben ...

Kapitel fünf

Mein Vater, Staatsdiener im westlichen Zollamt, fasste den Entschluss, Berlin, meiner Heimatstadt, den Rücken zu kehren. Er vertrug die Wende nicht. Berlin hatte 1989 die Hüllen fallen lassen und war nun ein offenes Ost/West-Eiland. Der politische Umbruch führte in allen Ost/West-Haushalten zu ungeahnten Konsequenzen, die ich aufzuzählen mich nicht in der Lage sehe. Auf jeden Fall konnten jetzt die Ossis die Wessis besuchen, *ohne* Visum und *ohne* an der Berliner Mauer von verhärmten, graugesichtigen, schießwütigen Polizisten der Volkspolizei abgeknallt zu werden, wenn sie einen Schritt in die Freiheit versuchten. Und ein Wessi wurde an der Grenze nicht festgenommen, wenn er mit einer Illustrierten einen Kumpel in Magdeburg besuchen wollte. Die Nationale Volksarmee hatte endlich ausgedient, der perfiden Bürgerrechtsverletzung des Staatssicherheitsapparats der ehemaligen DDR wurde ein Ende gesetzt. Jetzt wurde abgerechnet, nach 40 Jahren Kommunismus und Karl-Marx(ismus) waren jetzt *fähige* Politiker gefragt, die diesem gefallenen Regime noch die Krone aufsetzen wollten. Bundeskanzler Helmut Kohl hat sich darin versucht und noch ein paar mehr. Von Globalisierung war die Rede, neue Währung und ein Solidaritätszuschlag machten den Kohl fett, und die Ossis bekamen endlich mal einen Pornokanal auf ihren Bildschirm und konnten, anstatt zehn Jahre auf einen Trabanten zu warten, nun endlich einen Leasingvertrag mit BMW abschließen. *Und das in nur einer Woche!!* Der goldene Westen machte in den Kaufhäusern und Supermärkten Großumsatz und von sich reden, was den heuschreckenartigen Einfall der Ostberliner betraf. Es war ein Chaos pur. Ich ging überhaupt nicht mehr gern einkaufen, die Luft war zu eng geworden, die Menschen zu viel. Alles *hieß* auf einmal anders, der Weihnachtsengel auf der winterlichen Tanne wurde in *Jahresendfigur* umgetauft, und eine Zweizimmerwohnung hieß jetzt *Zweiraumwohnung* und die *Klub-Cola* schmeckte irgendwie anders als die Coca-Cola. Der goldene Westen hielt katastrophalen Konsumeinzug in die Plattenbauten von Marzahn und Lichtenberg, überall donnerten neue, gänzlich unbezahlte Autos der S-Klasse an einem vorbei, und in den Wohnzimmern stellten sich die Teppichhaare auf, weil überteuerte (ebenfalls unbezahlte) Stereoanlagen die Charts von 104,6 RTL an die Pappwände schmissen.

Ich hatte keine Ahnung, was das eigentlich alles sollte. Die Welt stand Kopf, und überall lagen irgendwelche Mauerreste herum, und die Leute aus dem Ostteil von Berlin wurden zugeschüttet mit der mannigfaltigen Konsumlandschaft, die sie nun im Sturm erkundeten. Mit großen Augen huschten sie wie gehetzte Tiere über die verschiedenen Kaffee-, Tee- und Biersorten, über die Kuchen-, Schokoladen- und Fleischabteilungen, über die schrillen Outfits der Ravergeneration, über die fabrikneuen Automobile in den Autohäusern. Es war gar fürchterlich. Aber ich möchte diese Mauergeschichte nicht weiter ausführen, da DARÜBER sicher bereits genügend berichtet wurde und jeder diese Veränderung recht einschneidend erleben durfte.

Mein Vater war jedenfalls nicht kompatibel, was die dienstlichen Umgestaltungspläne der Zollbehörde betraf; er hätte im Ostteil Berlins in einer neuen Dienststelle seinen Dienst aufnehmen müssen und wurde, genauso wie andere Kollegen auch, versuchsweise in den grauen Teil der Stadt versetzt (Potsdam), wo er sich die Fähigkeiten und Kenntnisse des Ost-Beamtenapparates aneignen sollte. Ich kann mich nur vage daran erinnern, wie er stets mit einer grau-grünen Gesichtsfarbe von der Arbeit kam. Da ging wohl nichts mehr, er sträubte sich, die alles umwerfenden Neuerungen der zusammengewürfelten Zollbehörde Ost/West anzunehmen.

Mein Vater ist generell ein Mensch, der sich sträuben konnte wie ein Hund, dessen Herrchen ihn bei Regenwetter anwies, aus dem Hundekorb zu klettern, da es Zeit für den Auslauf war. Zu erwähnen ist außerdem, und da muss ich ausholen, dass wir mittlerweile eine Großfamilie von sechs Personen waren, ich hatte also *drei* Geschwister. Mit meinen beiden Geschwistern (der Bruder drei Jahre älter, die Schwester zweieinhalb Jahre jünger als ich) wuchs ich in den Achtzigern auf, wir steckten oft in unseren Kinderzimmern zusammen, und am Abend gab's die „Sesamstraße", jeden Abend um sechs. Im Allgemeinen waren die Achtzigerjahre noch relativ ruhige, entspannte Jahre, wir waren irgendwie abenteuerlustig, mochten die Wochenenden, an denen wir mit den Eltern hinaus zum Grunewaldsee oder an den Wannsee fuhren, manchmal auch mit den Fahrrädern und einem Apfel im Rucksack. Als ich zwölf Jahre alt war, wurde meine Mutter wieder schwanger, wir bekamen neun Monate später im Februar 1982 ein schwarzhaariges, gesundes und quietschvergnügtes Mädchen. Nach Adam Riese waren wir dann also tatsächlich ein Sechs-Personen-Haushalt. Und es gab nur einen Verdiener: meinen Vater. Ein Esser mehr bei gleichbleibendem Gehalt. So fing der Finanzschuh an, gehörig zu drücken, wirtschaftlich stand es nicht besonders um uns, da mein Vater nicht zu jenen Gutverdienern gehörte, die es sich mal locker leisten konnten, ein halbes Dutzend durchzufüttern. Folglich war eine strikte Einteilung der Lebenshaltungskosten geboten. Nicht *zwei Scheiben Käse oder Wurst* kamen aufs Brot, sondern *eine*, nicht *jeden* Morgen Nutella oder Kellogg's Cornflakes, sondern Zwieback in warmer Milch, und Butter gab es genauso wie Fleisch nur am Wochenende. Wir wurden angehalten, die Haare nicht *jeden Tag* zu waschen, weil das Heißwasser einfach zu teuer war; zeitweise musste die Haarwäsche mit Trockenshampoo erfolgen, was total ekelig war. Im ersten Moment sah man aus wie ein Greis, wenn man es nicht richtig auf dem Kopf verteilte, und saß ich in der Schule an meinem Pult und schrieb, segelte manchmal eine feine Ladung weißen Staubes auf mein Heft – es war widerlich und roch auch noch so komisch. Ich hasste das, aber ich hasste vieles in diesen Jahren.

Wir wohnten zur Miete in einem Haus mit Garten in Tempelhof, hatten drei Apfel- und vier oder fünf Birnbäume, auch einen Sauerkirschbaum. Ein Feld hatten wir ausgehoben, in dem wir je nach Saison Kartoffeln und grüne Bohnen anpflanzten. Im Spätsommer mussten wir die fingernagelgroßen Kartoffelkäfer von den Blättern absammeln, weil die alles zerfraßen. Das habe ich echt gehasst – mit Insekten hab ich's nicht so. In einer Ecke des Gartens gab es einen Komposthaufen, auf den wir alles biologisch Abbaubare kompostierten und der uns einmal im Jahr frischen Humus bescherte, den wir dann mit einer dreigezackten Poseidon-Gabel (so taufte ich dieses Ding) unter die Erde des Kartoffelackers hoben. Der Garten erforderte viel Arbeit und Pflege, ob es das Rasenmähen im Frühjahr oder im Sommer betraf oder das Zusammenkehren des Laubes im Spätherbst. Wenn der Herbst Einzug hielt, mussten all die Äpfel und Birnen gepflückt werden, da sie braune Stellen bekamen und schnell vergammelten, wenn sie von allein vom Baum und zu Boden fielen. Lage um Lage schichteten wir sie in Holzsteigen oder stabilen

Kartons vom ALDI-Markt und verfrachteten sie zum großen Teil in den Keller oder in die an unsere Küche angrenzende Speisekammer. Meine Mutter machte auch Apfel- und Birnenkompott, ein aufwändiges Treiben in der Küche über Wochen. Das Obst musste geschält und in kleine Viertel geschnitten werden, bevor es in den riesigen Kochtopf wanderte. Schließlich füllten wir das gekochte, heiß dampfende Mus in Einmachgläser. (Regelmäßig klaute ich die Verschlussgummiringe, die ich zwischen die Finger spannte und somit Kieselsteine umherschießen konnte; meine Mutter war immer entsprechend erbost, wenn sie mal wieder vor einem Glas ohne den dazugehörigen Gummiring stand, denn die Nutzbarkeit der Gläser hatte ich hiermit außer Gefecht gesetzt; ein Einmachglas ohne diesen Gummi konnte nicht mehr luftdicht verschlossen werden.)
Die Geburt meiner kleinen Schwester bereicherte unser Leben, ganz besonders meines. Ich erledigte fingerfertig alle anfallenden Aufgaben, vom Wickeln über Baden – den entzündeten Bauchnabel der Kleinen behandelte ich auf Anweisung meiner Mutter mit einer schwefelpudrigen Substanz –, Anziehen, Ausziehen, Milchfläschchen geben, aufs Bäuerchen warten, sie in den Schlaf wiegen und singen sowie ihr das kleine Gesichtchen mit bebe-Creme einschmieren. Sie war ein so süßes Mädchen, dass ich darüber hinaus vergaß, dass mir Haare in den Achselhöhlen und seltsamerweise auch zwischen den Beinen wuchsen und ich das grottenhässlich fand. Ich fand alles grottenhässlich bei mir. Mein Vollmondgesicht, mein dämliches, jungenhaftes Grinsen und meine Frisur (eigentlich waren es nur Haare, die mir um den Kopf wuchsen, ohne Halt, ohne Schnitt, keine Ahnung, wie man das bezeichnen könnte). Ich hatte *rein gar nichts* Mädchenhaftes an mir, meine Interessen beschränkten sich auf das Lesen sämtlicher Abenteuergeschichten von Mark Twain, Karl May, Enid Blyton, Erich Kästners „Emil und die Detektive" und das Hören der Radiokassetten von „TKKG" und „Die drei ???". Außerdem hatte ich keine Freundschaften mit Mädchen meiner Altersklasse, die in der Schule waren alle blöd und ich zu gelangweilt von Gesprächen über schicke Schminktipps aus der „Bravo" oder dem wöchentlichen „Dr. Sommer Fragen- und Antwortenkatalog" („Ich habe meinen Vater gesehen, wie er sich auf meiner Mutter bewegt hat, jetzt kann ich nicht mehr schlafen und ekele mich vor meinen Eltern. Können Sie mir einen Rat geben?"). So oder noch

viel Schlimmeres stand in dieser mit Medienzirkus vollgestopften Zeitung, um die sich jeden Mittwoch die halbe Schulklasse scharte und die Köpfe zusammensteckte. Ich machte da nie mit, vor allem, weil ich Angst vor überspringenden Kopfläusen hatte und körperliche Nähe als unaussprechlich widerlich empfand.
Wie dem auch sei: Eigentlich war ich sehr einsam und litt darunter. Meine Eltern hatten nicht das Geld, uns Kinder klamottenmäßig mit den Pop-Outfits der Achtzigerjahre auszustatten, daher konnten wir nicht mitreden, geschweige denn *mithalten*, was in der Schulzeit im Klassenverband oftmals schmerzhaft war. Meine zweieinhalb jüngere Schwester war in der Gesamtheit das ganze Gegenteil von mir. Sie war hübsch, mit Kleidchen und Zöpfchen, spielte mit Barbies und Monchichis, trällerte die Songs von Soul-Prinzessin Whitney Houston, vollführte schräge Spagatsprünge und Ballerina-Dehnübungen, und alles immer im (noch zu diesem Zeitpunkt) gemeinsamen Kinderzimmer. Sie war ständig am Hüpfen, wie ein Gummiball. Sie war nervig und mir ein Dorn im Auge, denn auf *meiner* Seite des Zimmers konnte ich weder in Ruhe lesen noch Lateinvokabeln lernen, wenn sie da war, und ihre kindliche Unbeschwertheit ging mir gehörig gegen den Strich, *vor allem das!* Sie hatte das, was *mir* fehlte: Freunde, Spaß und Anerkennung.
Ich zog mich in mich selbst und in meine Abenteuer- und Detektivgeschichten zurück, ohne die wäre ich wohl nichts gewesen. Mit dreizehneinhalb hatte ich dann meinen ersten Kassettenrekorder und war somit up to date, was die wöchentlichen Charts betraf. Von Billy Ocean über „Duran Duran“ bis hin zu „Wham!“, meinem Lieblings-Pop-Duo, schmetterten die Songs durch die Boxen, und ich konnte in der Klasse wenigstens mal kopfnickend zu verstehen geben, von welchem Interpreten die Rede war, und ich verstand jetzt auch, warum einige Mädchen erhitzte Wangen bekamen, wenn die Rede war vom hübschen Pierre Cousseau und der charmanten, süßen Sophie Marceau aus „La Boum – Die Fete“. Schöne Menschen auf Hochglanzpapier gepackt und in Lebensgröße auf herausnehmbare Poster in die „Bravo“ gepresst, so was hängten sich die Mädels an die Zimmerwände, da war ich nicht viel anders. An meinen Wänden hingen, mit Tesafilm festgeklebt, die Poster von George Michael und Andrew Ridgeley („Wham!“) in allen erdenklichen Posen – schöne, schwule Männer, was ich bis dahin aber nicht

wusste und was mir sicher auch egal gewesen wäre. Mein Vater war davon nicht besonders angetan und sagte nicht selten, was an den schwulen Jungs denn bloß so toll sei, das sei ja krank, sie dann auch noch überall an den Wänden zu verteilen!! Vielleicht war es die Makellosigkeit der Gesichter, die mich so blendete, sie waren längst nicht so schrecklich verpickelt wie die Gesichter der Jungen aus meiner Schule, nicht so rabiat und Lärm veranstaltend. Die Poster hingen über meinem Bett, über meinem Schreibtisch, und sogar die Zimmerdecke hatte ich beklebt, überall leuchteten mir George Michaels dunkelbraune Augen entgegen und dieser braun gebrannte Männerkörper, die langen Beine in Röhrenjeans und das bis zum Bauchnabel geöffnete Hemd, das seine behaarte Brust freigab. Irgendwie regte sich in mir eine völlig unbekannte Sehnsucht nach einem Kuss von diesem Mund und das Berühren der weichen, dunklen Haare auf seiner Brust – ich weiß auch nicht, mir war das peinlich, so was zu denken, an so körperliche Dinge zu denken. So verdrängte ich diese Gedanken vehement und neigte auch nicht dazu, mich Illusionen hinzugeben. Eine Illusion war zum Beispiel die Tatsache, dass ich mich für absolut nicht begehrenswert hielt, und selbst *wenn* George Michael *nicht* schwul gewesen wäre, so wäre ich diejenige gewesen, der er keinesfalls auch nur einen Blick gegönnt hätte, würde ich ihn treffen oder so. Weil ich das genau wusste, verbot ich mir den Traum und unterließ es, dahingehende Fantasien überhaupt zuzulassen.
Im Alter von 16 Jahren schnitt ich mir mit Hilfe des Rasierapparates meines Vaters die Haare sehr kurz (hierbei benutzte ich den Aufsatz, der auf den Rasierkopf gesteckt wurde und eigentlich zur Pflege eines Vollbartes gedacht ist), kleidete mich jungenhaft, im Madness/Ska-Look, Holzfällerhemden, Hosenträger und vorzugsweise abgeschnittene, durchlöcherte Jeans, das war cool und gab mir das Gefühl, wenigstens wie ein anständiger Kerl auszusehen, und nicht wie ein Nullachtfünfzehn-Girly, ohne Schmiss und Ausstrahlung (denn *so* hätte ich ansonsten bestimmt ausgesehen!!). Die kleine Schwester, inzwischen bereits süße vier Jahre alt, war die Einzige, die mich und meine Haare toll fand. Sie hatte zu dieser Zeit einen Lieblingsstoffesel, dem sie die schwarze Mähne mit einer Kinderschere so zurechtstutzte, dass die Frisur der meinen glich. Das war sehr niedlich, ich war gerührt und werde nie vergessen, wie sie

damit zu mir rannte und sagte: „Schau mal, Susi, was ich mit dem Esel gemacht habe! Der wollte auch so schöne Haare wie du haben!“

Sie spendete mir *täglich* einzigartigen Trost wie niemand sonst auf der Welt. Meine Liebe zu dieser kleinen, zerbrechlichen Gestalt, aus der alle Begeisterung für selbst den winzigsten Krabbelkäfer hervorsprudelte, den sie vorsichtig in ihre Händchen nahm und von allen Seiten staunend beobachtete, war so groß, dass es mich vor Glück schmerzte, sie zu haben. Ihre Anhänglichkeit gab mir das Gefühl, etwas zu *sein*; ihr Lächeln und wie sie mir auf den Schoß hüpfte, damit ich ihr die neuesten Geschichten von großartigen Königen und hübschen Prinzessinnen erzählte, machten mich mutig, und mein Herz öffnete sich und wurde weit wie der Horizont.

Meine Mutter hatte schon lange begriffen, dass sie nicht zum Einsatz eilen musste, wenn der Kleinen etwas fehlte – ich übernahm in Gänze die Mutterrolle, hatte jetzt etwas, was mir tatsächlich *gelang*, etwas, was ich *konnte!* Ich handelte intuitiv, konnte spüren, wenn die Kleine sich unwohl fühlte, konnte stundenlang zuschauen, wie sie mit ihren Tieren und Puppen spielte, redete und farbenfrohe Bildchen malte, konnte ihre Tränen versiegen lassen, die sie weinte, wenn sie feststellen musste, dass ein Kind aus der Nachbarschaft ein Spielzeug von ihr gestohlen hatte, einfach so!! Sie fragte viel, ich beantwortete ihre Fragen immer anhand von praktischen Beispielen, sodass sie schnell einordnen und begreifen konnte. Sie war eine aufmerksame Zuhörerin mit einem hohen Grad an Sensibilität und Feingefühl. Sie hatte so gut wie keine Trotzphasen, was sich, wie sich später herausstellte, entwicklungstechnisch als nicht so positiv erweisen sollte (zumindest vom psychologischen Standpunkt aus).

Wir unternahmen immer lange Spaziergänge, oder ich nahm sie mit zum Einkaufen. Dabei lag ihre kleine, zarte Hand grundsätzlich in meiner – ich fühlte mich jedes Mal stark und unverwundbar, wenn sie sich an meine Seite schmiegte oder mir um den Hals fiel, wenn ich von der Schule nach Hause kam – der einzige Sonnenstrahl, der in mir Wärme erzeugte ... Ich hatte nur sie, oder besser: Ich hielt mich wohl nur an sie, und noch ein bisschen an meine Poster und Abenteuerbücher.

Im Familienkreis war ich die ausgeflippte, etwas bizarre Gestalt, geheimniskrämerisch, zuweilen mit einem Hang zum Abnormen, weil ich „warme Brüder“ an die Zimmerwände klebte, heimlich rauchte und mir die Haare an den Seiten und im Nacken dermaßen kurz rasierte, dass die Kopfhaut durchschimmerte. Meine Mutter fand das entsetzlich, sie ließ mich aber gewähren. Sie spürte über die ganzen Jahre meiner pubertären Entwicklung hinweg, dass ich mich sichtlich unwohl fühlte, und näherte sich mir gelegentlich auch immer mit einer Mischung aus Diplomatie und Souveränität, und in ihren warmen, braunen Augen war zu lesen, dass sie für mich da sei, wenn ich das bräuchte. Aber ich konnte nicht oder nur selten; ich *mochte* mich einfach nicht, ich schämte mich, wusste nicht, warum. Ich fühlte mich nur von der Kleinen geliebt und anerkannt. Ich war sehr unglücklich darüber.

In manchen Situationen hatte ich das Gefühl, dass meine kleine Schwester auf seltsame Weise der verlängerte Arm meiner Mutter war; das heißt, wenn ich die Hand meiner Kleinen spürte, spürte ich die Hand meiner Mutter, es war wirklich ganz merkwürdig, es war, als würde mir meine Mutter durch die Kleine ihre ganze Liebe schenken. Ich konnte das spüren, und wenn mich ein prüfender, aber warmer Blick meiner Mutter streifte, war ich so unerklärlich dankbar. Sie war kein Kuscheltyp, nicht die klassische Knutsch-und-Knuddel-Mama, aber sie hatte Präsenz und Hingabe und eine besonders ausgeprägte Spürnase für die Bedürfnisse ihrer Kinder, die sich eben *nicht* im ständigen Knuddeln äußern musste, ganz und gar nicht. In ihrer Stimme schwang stets ein autoritärer, aber pathetischer Tonfall, sie war gerecht und sachlich, konnte zuhören und vor allem *aufhören*, bohrende Fragen zu stellen, wenn einer von uns nicht reden wollte. Sie war einfach da – immer. Zum Ausgleich für das doch ausschließliche Haushalt-Mutter-Ehefrau-Dilemma schuf sie sich eine eigene Insel, auf der sie sich zurückzog. Sie malte wunderschöne Bilder, auf Leinwand in Öl oder Aquarelle. Sie bemalte Holzschnitzarbeiten oder bastelte Weihnachtsschmuck und konnte aus einfachsten Lebensmitteln schmackhafte Mittagsgerichte zaubern. Sie fand heraus, dass sie eine schöne Gesangsstimme hatte und schloss sich einem Kirchenchor an, den sie einmal pro Woche frequentierte, auf den sie sich freute und in dem sich ihre Stimme über die Jahre hin bis zum Sopran ausbilden konnte. Sie war ein bescheidenes, kreatives Wesen mit der Neigung zum Sonderbaren, konnte sich urplötzlich zurückziehen, fast unbemerkt und lautlos, und doch war sie immer zu spüren, allgegenwärtig in unserer Mitte. Sie *war* die Mitte, das Herzstück, das Zentrum unserer Familie, in dem alles zusammenfloss und wieder wegströmte, um sich dann wieder neu zu formieren.

Meine kleine Schwester Toni und ich, merklich vom Alkohol aufgedunsen, 2003

Kapitel sechs

November 1992

Sie war diejenige, die innerlich zerbrach, als mein Vater ankündigte, Berlin verlassen zu wollen und nach Bayern zu gehen, die Familie im Schlepptau. Sie war diejenige, deren Argumente in Bezug auf die Kinder keine Haltbarkeit fanden, ganz abgesehen von ihren eigenen Dingen, die zurückbleiben würden. Als da wären zum Beispiel ihr Chor oder der Vorgarten unseres Häuschens, den sie in hingebungsvoller Sorgfalt und mit viel Zeitaufwand mit zahlreichen Blumen und Pflanzengut zu einem ansehnlichen Paradies hatte erblühen lassen; stundenlang hatte sie den Boden umgegraben, Setzlinge gepflanzt, auf der Erde war sie gekrochen, bis ihr der Rücken schmerzte, um Unkraut zu zupfen oder kleine Kiesel zu entfernen, die da irgendwie im Boden störten. Alles, was sie anfasste, war zu etwas Besonderem geworden, denn sie hatte einfach eine schöpferische Gabe, den Dingen einen besonderen Reiz zu verleihen. Meine Mutter hat oft von diesen Jahren gesprochen, in denen sie glücklich war, wenn uns auch durch den knapp bemessenen Finanzhaushalt und den fehlenden Mitteln für größere Urlaubsreisen oder sonstige Extras nichts zur Verfügung gestanden war. Sie war glücklich mit uns allen. Und dann war alles anders, von einem Tag auf den anderen.

Die Kleine war damals neun Jahre alt, meine andere Schwester neunzehn, ich zweiundzwanzig. Mein Bruder war bereits einige Jahre außer Haus und lebte mit seiner damaligen Frau in Schöneberg, in der Nähe vom Charlottenburger Schloss in einer Drei-Zimmer-Altbauwohnung. Ich hatte einen festen Freund, war mittlerweile zu einer jungen Frau mit Löwenmähne und weitaus femininerer Ausstrahlung herangereift und hatte meine Ausbildung zur Sozialversicherungsfachangestellten abgeschlossen. Der Entschlusskraft meines Vaters ist es zu verdanken, dass eine Lawine ins Rutschen kam, von der niemand wusste, ob wir daran ersticken würden. – Wir sind es, allesamt, jeder auf verblüffend harsche Art und Weise. Es war zum Kotzen.
Glauben Sie mir, wenn ich Ihnen sage, dass mich seit fast zwei Jahrzehnten die Frage quält, wozu dies alles gut war und warum sich

seitdem sämtliche Achsen verschoben haben. Die Notwendigkeit dieses Entschlusses meines Vaters werde ich niemals einleuchtend akzeptieren, und nach IMMER NOCH so langer Zeit fühle ich im tiefsten Innern ein glimmerndes Unverständnis meinem Vater gegenüber. Auch trotz der Langzeittherapie, die mir zur Abstinenz verholfen hat, weil ich dieses Scheißproblem Alkohol nicht mehr wollte, trotz der unzähligen psycho- und verhaltenstherapeutischen Stunden, in denen ich saß, um mein Leben zu beleuchten und klare Linien anzusteuern, habe ich den Zorn nicht ausmerzen können; er sitzt fest, ganz tief verankert, einzementiert in meine Muskel- und Nervenstränge. Ich kann nicht. Ich kann ihm nicht verzeihen. All die Interventionen der Therapeuten haben mir nicht geholfen, davon freizukommen, nachzugeben, loszulassen, einzusehen, dass ein LOSLASSEN mich befreit von dem Unverständnis, welches ich meinem Vater gegenüber empfinde. Wann mag ich wohl erkennen, dass ich mir damit selbst einen Gefallen erweisen würde?

Alles ging den Bach runter. Niemand von uns wollte an *diesen* Platz der Welt, den mein Vater als unser zukünftiges Zuhause gewählt hatte, weil ihm die dienstlichen Obligationen der Zollbehörde nicht mehr taugten, er sich den Innovationen des Beamtenapparates, bedingt durch die politische und wirtschaftliche Wende, nicht anzupassen in der Lage sah. Die Endlosdiskussionen des Wie und Warum seiner äußerst pragmatischen Haltung, die er allabendlich mit meiner Mutter führte, waren ebenso fruchtlos wie absurd. *Er war der Verdiener*, und das hörte nicht auf, jeden Tag in uns nachzuklingen, und er war derjenige, der das sinkende Schiff Berlin verlassen wollte. Weil er noch nie ein Mensch gewesen war, der auf dem Schlachtfeld des Lebens vielleicht auch einen *inneren Sieg* erringen könnte, indem er die weiße Flagge hebt und damit einsieht, dass auch ein Krieg mal ein Ende hat. Nein, er gehörte zu jenen, die alle glauben machen wollen, *dass das Leben ein ständiger Kampf bleibe*. Mit dieser Haltung oktroyierte er uns allen, ganz speziell und in fast orgiastischem Pathos, dass Einwände keine Billigung finden würden, denn er würde uns ja nur aus dem Sumpf Berlin herausholen und das Beste wollen, und BAYERN mit seiner traditionellen Lebensweise, den gefüllten Maßkrügen vollen, gesunden und dem höchsten

Reinheitsgebot entsprechenden Hefesaftes sowie den malerischen Bergländlichkeiten sei ja wohl die einzig richtige Wahl!
Somit begann ein anfänglich schüchternes Feuer der Enttäuschung an unserem familiären Krisenherd zu glühen; irgendwann schlugen die Flammen dann mit gierigen Zungen an unseren Leibern – die Neunzigerjahre leiteten das Aus für unseren Familienfrieden ein; ein Erdbeben an allen Ecken und Enden, eine Eruption gestauter Wut und Zerwürfnisse war die Folge, der bittere Geschmack von Entrüstung und Verzweiflung, dass uns Einhalt geboten wurde, aufzustehen, zu rebellieren, zu verweigern, zu VERSTEHEN, wo wir da gelandet waren. *Denn er war der Ernährer, auf seinen Schultern lastete alle Verantwortung.* Wie oft wir, und ganz besonders meine Mutter, diesen Satz hören mussten, war selbst über einen Taschenrechner nicht mehr zu ermitteln.
Das Ganze vollzog sich im März 1993; circa ein halbes Jahr davor, also nach der von meinem Vater angekündigten Wanderschaft nach Bayern, nahm ich den ersten Alkohol zu mir, auf Partys etwa, auf denen ich eingeladen war, oder beim Billardspielen mit Freunden. Ich vertrug wenig von dem Zeug.
Das Haus in Tempelhof wurde leer geräumt und die Einrichtung mit zwei riesigen Umzugswagen nach München gebracht. Meine zweieinhalb jüngere Schwester absolvierte gerade das Fachabitur an der Wirtschaftsschule und blieb mit mir zurück. Es brach mir das Herz, als meine Eltern mit der Kleinen die Autotüren des schwarzen Golf II zuschlugen, um sich dem Umzugswagen anzuschließen, der unser bisheriges Leben geradewegs nach Süddeutschland karrte. Ich winkte, meine Mutter hatte einen dichten Tränenschleier vor den Augen, den Ausdruck in ihrem Gesicht werde ich nie vergessen, ein Ausdruck von Panik, Verzweiflung und Geschlagenheit, so als würde sie Schritt für Schritt zum Schafott geführt ... Die Kleine weinte und drückte sich in die Armbeuge meiner Mutter. Und mir kroch ein eiskalter Schmerz durch den Körper, und eine gähnende, schwarze Leere füllte mich aus, dass ich aufhören wollte zu atmen. Ich stand nun allein in diesem völlig ausgeräumten Haus, dem noch der Geruch unserer Familie anhaftete; meine Schritte hallten durch die Räume – es war, als trüge ich Blei an den Sohlen, meine Knie zitterten vor Anstrengung, wenn ich schleppend einen Schritt machte. Ich lehnte mich an eine der kalkweißen Wände, rutschte

langsam in die Hocke, bis mein Hintern den Boden berührte, der Kopf sank mir auf die Brust, und ich weinte und weinte, und ich schrie in diesem Haus der Öde: WARUM, WARUM, WARUM, WARUM? Es war der allererste Schnitt, der mir quer durchs Herz ging, und bis heute spüre ich die Narbe, sie pulsiert, mein Blut jagt unter ihr durch die Adern, aber es scheint zu stocken, wenn ich einen Blick darauf werfe, Millisekunden nur.

Wie ich bereits erwähnte, trank ich jetzt schon öfter mal Alkohol, den ich nicht in Gänze vertrug. Nach zwei Glas Bier oder einem Wein spürte ich, wie ein feuchter Nebel durch mein Gehirn kroch und irgendwie alles leichter machte, mich in Watte hüllte, warm und weich.

Vor dem Wegzug meiner Familie betrank ich mich auf einer groß aufgezogenen Geburtstagsparty einer Kollegin so sehr, dass ich, in eben diese Nebelwände gehüllt, nur am Rande mitbekam, wie ich von vier südländischen Männern, ebenfalls geladene Gäste, in einem Hinterzimmer einer luxuriösen Klubanlage im Stadtteil Spandau vergewaltigt wurde. Mein „Glück" war mein alkoholisierter Zustand, sodass ich das zumindest physisch überlebte, denn wehren tat ich mich nicht, ich kann mich jedenfalls nicht daran erinnern.

Am Anfang sah alles scheinbar wie ein Spiel aus, die Männer saßen um mich herum, umgarnten mich, und ich hatte jedes Mal ein neues gefülltes Glas in der Hand. Den ganzen Abend ging das so. Ich war der Mittelpunkt, eine hübsche, brünette Frau um die 20, ein bisschen lasziv und aufgedreht, mit blitzenden, dunklen Augen, scharfzüngig und schrill. Bis ich dann nur noch schlafen wollte, bis sich alles in meinem Kopf drehte und ich mit schwerer Zunge kleine, akrobatische Kunststücke vollführte, die den jungen Männern offenbar ein herrliches Amüsement boten. Und genau an diesem Punkt trat die entscheidende Wende ein: Ich wurde aggressiv, ausfallend, ablehnend. Und genau an *diesem* Punkt sah ich die Gefahr nicht, sah nicht, auf *was* es die Kerle tatsächlich abgesehen hatten. Lachend und stolpernd und sich gegenseitig in die Seite schubsend folgten sie mir in eines der Zimmer, welches ich suchte, um irgendwie meinen vernebelten Kopf und den unerträglich schweren Körper auf irgendeinen Platz zu betten. Sie bedrängten mich plötzlich und wechselten auch in ihre Landessprache über, ich war so verwirrt und von Sinnen, dass ich nur kurz aufblickte, als der Erste über

mir war. Ich fiel dann in eine dämmernde Schwärze, und so sehr ich mich auch in den ganzen Jahren danach bemühte: Ich bekomme kein vollständiges Bild der Dinge zusammen, die im November 1992 geschahen, ich schaffe es einfach nicht, es ist eine Wand davor, und wenn ich nach links oder rechts gehe, mit meinen Händen taste, um endlich eine Ecke zu finden, um die ich herumgehen kann, dann ist da wieder ein weiterer Meter Mauer und Mauer und Mauer. In der Medizin spricht man hierbei von einer hysterischen Amnesie. Durch die Alkoholwirkung wird dieser Effekt noch verstärkt, und ich sage heute: Vielleicht ist das mein Glück gewesen. Wer weiß das schon. So viel mir noch erinnerlich ist, wurde diese Handlung von jemandem, der wohl mitbekommen hatte, was da irgendwo in einem dieser Zimmer geschah, gestört. Und wie ich später erfuhr, war dieser Jemand, bei dem Versuch einzugreifen und mir zu helfen, durch einen Messerstich schwer verletzt worden.
Es war eine PARTY, und nicht wie in den Jahren, die diesem Ereignis folgten, ein *U-Bahnhof*, auf dem man mich angriff, wie ich irgendwann meiner Familie oder auch Freunden fabulös erzählte. Die ganze Wahrheit verdrehte ich von hinten bis vorne, quetschte Fantasien dazwischen, um zu überdecken, *wie sehr ich mich schuldig fühlte* an dem Übergriff, wie sehr ich mich schämte und am liebsten sterben wollte, weil ich mich in Tatsachen hineinlog, die samt und sonders erfunden waren, weil ich Menschen belog, die erschüttert und entsetzt waren, von dem, was mir widerfahren war. Da ich die Dinge ja selbst nicht mehr zusammensetzen konnte, die passiert waren, war es dann bald so weit, dass ich an meine eigenen Fabeln glaubte, um mich an irgendetwas festhalten zu können. Für *noch* mehr Verwirrung in meinen Reihen sorgte ich, indem ich meinen Erzählungen fast jährlich einen erneut überarbeiteten Anstrich verpasste – meine Glaubhaftigkeit war somit nicht nur *deutlich* in Frage gestellt, sondern die Verdrehung meiner Persönlichkeit war für die anderen alarmierend und wies auf ein erschreckendes Problem hin: Susi ist krank, vielleicht schizophren, was sollen wir tun?, wie kann man ihr helfen? Hinzu kam nun der regelmäßige *Alkoholmissbrauch*, der sich wie ein geöffneter Fächer über meinen Alltag legte und mich jeden Tag mehr zu einer unheilvollen Spritztour einlud. Ich konnte das Steuer nicht loslassen, nicht selten sah ich mich zermalmt in den Bäumen hängen, an Leitplanken kleben, Reste

meiner gestörten Seele auf der Straße verteilt. Eine Lüge war ich, eine große Lüge, eine Menschentäuscherin. Und in den Jahren, die folgten, wurde der Alkohol mein Freund, weil er mir das Gefühl gab, ich mache nichts falsch, ich könne ja schließlich nichts dafür, dass so etwas geschehen war. Mit jeder Flasche Wein, jedem Glas Bier (und später dann mit jeder Flasche Wodka) entstand eine neue Lüge, und mit jeder neuen Lüge ging ein Stück von mir verloren.

Das war 1993. Ich schrieb nach Ankunft meiner Familie in München unzählige Briefe, richtete es so ein, dass ich ein bis zwei Mal im Monat entweder mit der Bahn oder mit dem Flieger nach München zu Besuch kam. Mein Alltag geriet aus den Fugen, in meiner Einzimmerwohnung in Reinickendorf hielt ich es kaum allein aus, hatte das Gefühl, als würden die Wände auf mich zukommen, bis mir nur noch ein kleiner Spalt zum Atmen blieb. Mehrmals in der Woche übernachtete ich bei meiner Schwester, die vorübergehend ein kleines Dachzimmer unserer ehemaligen Nachbarn gegen einen monatlichen Abschlag von 250 DM bewohnte; später bezog sie ein Appartement in Steglitz, wo ich mich dann auch regelmäßig aufhielt. Wir unternahmen viel in dieser Zeit, trafen uns in der Stadt zum Shoppen, gingen ins Kino, kochten zusammen und machten Ausflüge ins Umland von Berlin. Wir verstanden uns prima, waren miteinander auf nun ganz innige Weise verbunden, um die Lücke, die durch den Verlust unserer Restfamilie, unserem Zentrum, entstanden war, irgendwie lockerer zu betrachten, zu füllen, indem wir uns an den Händen hielten. (Derweil schlummerte die Vergewaltigungsgeschichte jedoch noch tief verborgen und verschlüsselt in meiner Brust, ich verlor in dieser ganzen Zeit nur kein Wort darüber.)

Meine Schwester war ein ganz anderer Typ als ich, sie war *lebendiger*, frohlockender, ideenreich; ich dagegen fühlte mich wie ein Goldfisch, den man aus dem Glas gehoben und irgendwie vergessen hatte, wieder hineinzusetzen. Ich kam nicht mehr klar, aber sie war da für mich und ersetzte meine Sehnsucht nach der Familie mit viel Nähe und Charme und Humor; der einzige Halt, der mir geblieben war. Ich glaube, dass ich ihr nie gesagt habe, wie viel Kraft sie mir damals gegeben hat, denn ich war kurz davor, mich selbst zu richten. Dass sie so zu mir hielt und wir ohne Diskrepanzen und Ressentiments einen neuen Weg einschlugen, ohne *gegeneinander* zu wüten,

so wie in der Kinderzeit, schenkte mir Mut und Freude und half, dass ich die Schatten verdrängen konnte. Zumindest schob ich sie vorerst in die hinterste Ecke und machte die Tür zu.
Es vergingen zwei weitere Jahre. 1995 entschied ich mich dann dazu, ebenfalls nach Bayern überzusiedeln, obwohl das in seiner Absurdität dem Gang nach Canossa glich. Ich *wollte* nicht dorthin, wollte aber zu meiner Familie; ich krepierte innerlich. Andererseits war da ja meine Schwester in Berlin, mit der ich nun gemeinsam ein mich beruhigendes Fundament an Intimität geschaffen hatte und die mir wiederum fehlen würde. Doch ich brauchte das Herzstück, das Zentrum, meine Kleine, bei der ich Schutz suchen wollte vor der grauenhaften Außenwelt.

Ich, frisch verheiratet, 1996

Nach einigen Bewerbungen um einen Arbeitsplatz wurde mir im Mai 1995 eine Stelle in der Rentensachbearbeitung einer Münchener Behörde zugewiesen; ich bekam eine Festanstellung (davon träumen die Leute, allerorts gibt es nämlich nur noch Zeitverträge!).
Meine Mutter kooperierte insofern, als dass sie mir ganz in der Nähe zum elterlichen Haus eine schnuckelige Einzimmerwohnung suchte, die bezahlbar und schön gelegen war, da ich von Berlin aus die Wohnraumsuche in Süddeutschland betreffend wirklich überfordert gewesen wäre. Ich bezog die Wohnung, arbeitete nun in München und beendete wenige Monate später die Beziehung zu meinem ersten Freund, die bis dahin annähernd sechs Jahre angedauert hatte und sehr intensiv gewesen war. (Mein Freund wusste *nichts* von der Vergewaltigung, die ganze Zeit danach nicht, ich sprach mit niemandem darüber, so als lebte ich in einer Zwischenwelt, und das tat ich ja wohl auch.) Er studierte Forstwissenschaften in Göttingen, wir hatten uns auseinanderentwickelt und nun auch noch räumlich. Ja, und so kam es, dass ich das erste Weißbier in Bayern schmeckte, jenes, das grundsätzlich bereits an den *Biergarten-Mittagtischen* in die Maßkrüge und schließlich in die Kehlen der durstigen Münchner geschenkt wurde. Ich kam auf den Geschmack, regelmäßig und irgendwann unkontrolliert, was die Menge betraf. Bei jedem Anlass trank ich, genauso wie die anderen auch: mit meinen Arbeitskollegen, in Geburtstagsrunden, im Biergarten nach der Arbeit, zu Hause in meiner neuen Wohnung, in der Wohnung meiner Eltern am Abend, wenn ich vorbeischaute (was oft der Fall war) und wo das bayrische Bier ebenfalls genossen wurde. Überall und nie ohne.
Ich heiratete 1996 einen schüchternen, gutmütigen Elektroinstallateurmeister, der so lieb und einfach zu handhaben war, dass es mich schon bald langweilte. In sexueller Hinsicht war er unbedarft (aber der zärtlichste Mann, der mir je begegnet ist) und schwer verliebt in eine innerlich verwilderte, ungestüme Susi, die ich war. Es war eine komplizierte Verbindung, weil ich ungeduldig war und nichts mehr spüren konnte, was einem anderen Mensch eine Basis gibt. Ein Mann an meiner Seite, der das Beste wollte und alles für mich tat und eine gemeinsame Zukunft organisierte, mit VW-Bus die Campingplätze befahren, später ein Stall voller schreiender Gören. Diese preisgekrönten Vorstellungen entsprachen mir zwar, aber ich

kam damit nicht klar, ich kam mit *mir* nicht klar, wollte das nicht, wusste aber nicht, *was* ich wollte, *was* es sein sollte, damit ich mich besser fühlte. Ich war wie die Planeten des kleinen Prinzen, die dieser nacheinander mit seinem Besen reinigte: leer gefegt.

Ich *gehörte* nicht nach Bayern, kam mit dem Dialekt schwer zurecht, dem Föhn, der körperliche Unpässlichkeiten brachte, der unerträglichen Sommerhitze, den ortsüblichen Schmankerln, die bayrische Küche bot eine Phalanx an Deftigkeiten wie Schweinshax'n mit Kraut, den ganzen kulinarischen Fraß, der fett machte und den Cholesterinspiegel bedenklich in die Höhe schraubte – *all das wollte ich nicht!!*

Genauso wenig wollten es meine kleine Schwester und meine Mutter, sie konnten sich lange Jahre nicht eingewöhnen; es baute sich ein Widerwillen auf, weil niemand mehr glücklich war. Nur mein Vater. Dem reichte es aus, am Wochenende mit dem Fahrrad über bayrische Kartoffelacker zu fahren, sich an Kiesweihern ohne Sonnenschutz auf seiner Badematte zu bräunen, zu baden, seinen Hund auszuführen und am Abend mit Weißbier den Tag zu krönen, *der sich vom Ablauf her nicht von dem vorherigen unterschied.* Meine Mutter flüchtete sich in Malereien, Kontakte zur Außenwelt, sprich zu anderen Menschen, stellten sich nicht ein, sie kannte niemanden bis auf ein paar Nachbarn, die solch ein Urbayrisch sprachen, dass eine Kommunikation schon aus diesem Grund nicht möglich erschien. Meinen Vater kratzte das alles nicht, er brauchte keine Menschen, wie er stets behauptete, bis heute ist das so. Jedenfalls wurde sie immer schmaler an Hüften und Gesäß, und in ihrem Gesicht breitete sich erst tiefer Unmut, später dann gnadenlose Verbitterung aus. Ihre braunen Augen blinzelten manchmal, aber nun sehr müde, ohne wirklichen Lebenshunger, den sie früher noch gehabt hatte. Ich musterte sie oft mit einem Anflug von Sorge, denn sie wurde bissig, manchmal sehr verschlossen und kühl. Es schien, als würde nur noch ein kleines Bächlein in ihr fließen, welches sehr bald zum Austrocknen verurteilt war. Mir tat es weh, sie so zu sehen. „Ich weiß, was du vermisst und nicht mehr findest, Mama", dachte ich oft bei mir: „ein Becken voller frischer Fische, die sorglos und munter herumschwimmen, und kein Hai in der Nähe, der sie fressen würde ..."

Vielleicht entsteht der Eindruck, dass ich meinem Vater eine direkte Schuldzuweisung angedeihen lasse, nur weil ich meinen ganz persönlichen Grundkonflikt, meine Zornbewältigung, noch nicht aus der Welt schaffen konnte. Dies ist nicht meine volle Absicht und gründet nicht ausschließlich auf einem Fehlverhalten meines Vaters. Aber ich beschreibe in dieser Passion die Wahrheit, so wie sie vor mir liegt und wie ich sie nicht verdrehen kann. Die Geschichte einer Familie, wie ich sie erlebt habe und heute anders erlebe und mit ihr lebe. Die Geschichte *meiner* Familie und all den dazugehörigen Nuancen, den Tränen, der Freude und streng genommen auch den charakterlichen Gegebenheiten eines jeden einzelnen Familienmitgliedes. Mein Vater hat in dem festen Glauben gelebt, eine Familie könne alles aushalten und miteinander bewältigen, wenn der Grundstock, die elementare Geldquelle nicht versiegt, für die er gesorgt hat und allein sorgen wollte. Meine Mutter hingegen hat den Versuch unternommen (Ende der Siebziger- und Mitte der Achtzigerjahre), einen Hinzuverdienst zu leisten, indem sie sich nebst Haushalt und Kindererziehung um einen Job bemühte. Mein Vater wollte das nicht, weil die Geschlechterrollenverteilung infrage gestellt würde. Sie hat dessen ungeachtet trotzdem unbeirrt ein oder zwei Mal den Versuch unternommen, nebenbei etwas Geld einzunehmen, damals bei der Post Briefe in das Verteilersystem geworfen oder Ähnliches, ich weiß das nicht mehr so genau. Dann hat sie mal in der Drogerie gearbeitet und den Leuten erklärt, wie man den Film in die Kamera einlegt und auch wieder herausnimmt. Sie hat Fotos entwickelt, Lippenstifte, Wimperntusche und Make-up-Puderdosen verkauft und Frauen erklärt, welche Damenbinden sie an den schwächeren Tagen benutzen können und welche Strumpfhosen sich bequem in den Schritt schmiegen und nie zwicken beim Laufen. Irgendwann stimmte dann die Kasse nicht mehr, und meine Mutter wurde zu Unrecht beschuldigt, Geldbeträge entnommen zu haben. Wie sich aber herausstellte, war es einer Kollegin anzulasten, doch meine Mutter war dermaßen brüskiert über diese Unterstellung, dass sie den Job kündigte. Die tatsächliche Diebin hatte weiterhin ein schönes Leben und wir nur wieder *einen* Verdiener. Aber die beiden waren ein Team, was die pekuniäre Aufgabenverteilung betraf, über jeden einzelnen Monat, über jedes Jahr und Jahrzehnt hinweg vertraute er meiner Mutter den monatlichen

Gehaltsscheck an, damit sie die Kosten abgleiche, die anfielen. Sie schaffte das immer, weil sie nie auf sich selbst schaute und infolgedessen das Wort Entbehrung zu ihrem persönlichen Prinzip machte. Genauso verhielt es sich natürlich auch bei meinem Vater. Aber oft war es dann schon verdammt eng, und es kam zuweilen zu heftigen Auseinandersetzungen, weil meine Mutter ab und zu das Heulen kriegte, wenn jeden Tag im Monat der Pfennig dreimal umgedreht werden musste, aber es eben nicht anders möglich war, den Monat zu überbrücken.
Papa trägt keine S c h u l d, nein, aber er hat sich nicht bemüht oder gewagt, einen Blick hinter die Kulissen zu werfen, als er den Schritt nach Süddeutschland machte und hiermit eine Veränderung erzwang, die ihm letzten Endes das Glück nahm, auf jenes er besondere Wertschätzung gelegt hatte: seine Frau – und damit die Zersplitterung seines Zentrums, seiner Familie. Er hatte das nicht verdient, niemand verdiente so etwas, aber deutliche Signale meiner Mutter kündigten ihm an, dass sich etwas Grundlegendes in ihrem Ehealltag ändern musste, denn die Kinder waren groß und außer Haus, die Nestpflege somit entfallen, und nur sie beide waren noch übrig geblieben, um sozusagen das eigene Nest zu pflegen. Mein Vater schob ihren Wunsch auf Abwechslung auf ihre Menopause, eine äußerst banale Betrachtungsweise und der bequemste Weg schlechthin, einer *Handlungsbereitschaft* auszuweichen. Er hat nicht genau hingesehen, was für eine Wandlung sich in der Person meiner Mutter vollzog und dass sich langsam der Plan in ihr breitmachte, sich zu lösen, weil sie emotional verhungerte. Sie wollte ein paar schöne und noch abwechslungsreiche Jahre erleben; diesen Traum träumte sie anfänglich noch mit meinem Vater, und sie trug ihr Anliegen in scheuen, aber dennoch bestimmten Worten an ihn heran, doch ihm genügten, wie vorher erwähnt, die bayrischen Äcker, sein Fahrrad und das Weißbier am Abend. Er betonte stets, er brauche keine Menschen und wir alle seien absolute Unruhegeister. Er brauchte keine außerhäuslichen Aktivitäten, die ja in den meisten Fällen mit Menschen zu tun haben *könnten*. Sein Elixier waren seine vier Wände, seine Modelleisenbahnanlage und seine Kriegs- und Nachkriegshistorien. Welche Beweggründe meinen Vater in diese Lethargie führten, bleibt mir bis heute verschlossen.

Eine Familie, in der sich
die Frauen
unglücklich fühlen, geht rasch zugrunde;
wo sie sich aber nicht unglücklich fühlen,
eine solche Familie gedeiht immerdar.

Manava-Dharmasastra

Meine Mutter kündigte meinem Vater im August 2004 das vor 37 Jahren vollzogene Eheversprechen und haute ab.
Seit dieser Zeit lebt sie im Rheinland. Nach langen, langen, zehrenden Augenblicken, in denen sie glaubte, sie schaffe diesen Schritt nicht, die Loslösung von der Familie, von ihrem Mann, hat sie in tränenreichen Tagen und Nächten den Mut wachsen lassen, sich praktisch *entwöhnt, wie ich vom Alkohol,* und neu begonnen, mit 56 Jahren, mit der lakonischen Aussage meines Vaters im Ohr: „Du bist doch viel zu feige zu diesem Schritt!“ Aber sie tat es, stellte sich ein ganz anderes Leben in Aussicht, ohne zurückzublicken, manchmal etwas einsam ohne die Kinder, die samt und sonders aus den Kinderschuhen herausgewachsen waren, erwachsen, verheiratet, geschieden, neu verheiratet, neu geschieden, beruflich sattelfest, teilweise neurosenbehaftet und etwas schräg, aber mit gesundem Menschenverstand und sensibel genug, um manchmal am Leben zu verzweifeln. Wie das eben so ist.
Ich vermisse sie, wir alle, die wir nun in Bayern zurückgeblieben sind (sogar mein Bruder war 1998 übergesiedelt), unsere Zelte aufgeschlagen haben, unsere Berufe erlernt haben oder ausüben, persönliche, soziale, geschäftliche Kontakte und Bindungen geknüpft haben, unsere jeweiligen Wohnungen schön gestaltet haben und mit relativ gut ausgebautem Enthusiasmus unseren Interessen nachgehen. Sechshundert Kilometer sind es von München bis nach Köln, ich sehe sie vielleicht drei oder vier Mal im Jahr, denn sie ist viel unterwegs, hat auch einen neuen Kirchenchor gefunden und glücklicherweise ein paar Kilos zugenommen. Ich selbst bin viel beschäftigt. Außerdem wohnt meine andere Schwester noch immer in Berlin (die Kluge!), hat dort ihre eigene, kleine Familie, einen Sohn, der so süß ist, dass man ihn am liebsten aufessen möchte. Ich be-

suche sie regelmäßig alle sechs bis acht Wochen, unser Kontakt ist seit 1992 beständig und sehr innig. Und mein kleiner Neffe hat eine so herzerfrischende Wirkung auf mich, dass ich diese Besuche eben fest in meine Jahresplanungen einbaue, fast wie selbstverständlich. Meine Kleine ist mittlerweile zu einer schlanken, hübschen, jungen Frau herangewachsen und mit einem lieben Kerl verheiratet, der fast so aussieht wie sie. Manchmal werden sie für Geschwister gehalten.

Meine „Berliner" Schwester und Luca im Sommer 2007

Luca

Von unseren Träumen leben wir
und von der Hoffnung.
Von der Liebe leuchten wir
und von dem Lachen,
und jedes Jahr auf's Neue
wollen wir es ein wenig anders machen.
Und was uns in schwerer Stunde erhellt,
ist das Licht des Lebens,
Tage aber gibt's, da ist's vergebens.

Was in uns sprüht und funkt und kracht,
ist einzig der Wille, der das so macht.
So lieb gewonnen manche Menschen,
die uns begleiten,
so streng genommen auch Rückschläge,
die uns durch's Leben leiten.

Warum, weshalb, wieso und wohin,
meine Kräfte fließen – mit aller Macht
geben sie mir Schutz
vor dunkler Nacht.
Durch nichts, so sehn' ich mir,
soll ich ermatten, soll dem Teufel widerstehen
und seinem Schatten,
so stark wie meine Hand ich dir reiche,
damit sie deine Sorgen bleiche.

Nur so und nicht anders finde ich Frieden,
nur so und nicht anders werde ich siegen.

31.12.2007

Kapitel sieben

Dies ist nun der gegenwärtige Stand, der aktuelle Zustand, der vorherrschend mein Leben prägt. In meiner Rolle als abstinente Alkoholikerin habe ich seit dem Ende der zwölfmonatigen Therapie keinen Rollentausch vorgenommen, bin nicht zurückgefallen in alte Verhaltensmuster, die mich unweigerlich den Griff zur Flasche haben machen lassen, wenn es an manchen Tagen auch nicht einfach war, dem Saufdruck standzuhalten. Es war ganz und gar nicht einfach und ist es auch weiterhin nicht, nein. Ich schaffte es jedes Mal zu widerstehen, weil ich mir gedanklich die unzähligen Ausflüge in die dunklen, vernebelten Dürreperioden meiner Seelenlandschaften vorstellte, die beim Trinken über ein ganzes Jahrzehnt entstanden waren und die, völlig wider die Norm, eine verträgliche, unbedenkliche Trinkmenge vorschreibt; Zeitreisen in die Schattenwelten, die Welten voller Dämonen, die mit verzerrtem, hämischem Grinsen die bernsteinfarbene Flüssigkeit ins Glas schütteten; Reisen, von denen ich regelmäßig um sechs Uhr früh heimwärts torkelte, einsam und traurig, hungrig und ausgehöhlt, konturenlos und angewidert von meiner eigenen Alkoholfahne, die ich mir in die Handflächen blies, in der Hoffnung nun so *richtig* angepisst zu sein von mir ... Aber es half nichts, fünf Tage ohne, und das Ganze ging von vorne los.
Die Barbesuche, die bevorzugten Herbergen im Sturm des Lebens, die Szene-Klubs voller Oberschicht, Arbeiterklasse und eben Betrunkener, die sich in Selbstmitleid und verworrenen Weltanschauungen suhlten (nach Jahren homerischen Saufens hatte manch ein Gesicht dieses typisch scharlachrote Leuchten angenommen) förderten in mir die Angewohnheit, in jedem Menschen, der mir begegnete, einen Mentor oder eine Persönlichkeit zu sehen. Ich ging aus, wenn ich nicht wusste, was ich brauchte, in der Hoffnung, jemand könnte mir einen Tipp geben; manchmal ging ich aus, um mich finden zu lassen, um mein *Spiegelbild* zu finden und nicht dessen Brechung, dessen völlig verzerrten Abklatsch.
Und heute stehe ich aufrecht und bleibe trocken, weil die Befreiung meiner Seele mir die Kraft schenkt, nicht nachzugeben. Weil meine Seele ein Licht gesehen hat, das mich zu mir selbst zurückbrachte, dorthin, wo eine warme Quelle fließt, die mein Blut reinigt und meinen Geist befreit von surrealen, beängstigenden Gedankenwelten

und Eislandschaften. Weil ich das Leben, wie es sein kann, verstehen will, annehmen will, nicht mehr davonlaufen will. Weil mein Herz sich schmerzhaft verkrampft, wenn ich den Kreislauf unterbreche, den Zirkel meines Lebens. Alles, was darin vorkommt, ist die immerwährende Sehnsucht nach Halt und Liebe, nach Frieden und dem Antrieb, diesen zu erhalten; es ist längst keine Jagd mehr, so wie früher, es ist zu einem tiefen, blauen Ozean geworden, der mir Kühlung verschafft, wenn mein Gemüt sich erhitzt hat, und dessen Wellen mich tragen, wenn ich erschöpft bin. Ich habe verstanden, wie unsauber ich gearbeitet habe und wie sehr es sich gelohnt hat, Trümmerhaufen abzutragen, um mich darunter endlich hervorzuholen. Die verhaltenstherapeutische Unterstützung hat mir mein situationsbedingtes Trinkverhalten klar vor Augen geführt: VERÄNDERUNG. Und: BEWÄLTIGUNG, strategische Vorgehensweise, um Probleme anzuleuchten und zu beseitigen; all jene Augenblikke, die mich das Glas austrinken und wieder neu füllen ließen; all jene Momente, die mich vor seelischem Druck und Fahrigkeit zum Opfer der Flasche machten; all jene Dinge, die meiner Persönlichkeitsstruktur ein Bein stellten und ich irrtümlicherweise die Krücke Alkohol brauchte, um aufzustehen.
Was für eine Ironie, was für ein Schwachsinn! Ich lernte mich kennen, nach 37 Jahren Erdenlebens wusste ich, wer ich bin und was ich noch wollte und was ich nicht mehr wollte. Ich nahm wieder Kindheitsträume wahr, stille Wehmut und Sehnsucht, verspielte Träumereien und unbeschwerte Abenteuerlust. All das, was schon immer in mir ruhte, ganz verborgen, tief verwurzelt in den Millionen Nervensträngen meines Körpers. Ich konnte die Eigenarten und Eigentümlichkeiten meines Charakters endlich akzeptieren, lernte, mich zu mögen, meinem Geist und Körper Inhalt zu geben, meine Schwächen wie Ungeduld und überdimensionierte Impulsivität in Grenzen zu halten. Ich trainierte Selbstreflexion, bevor ich zum Angriff überging und mein Gegenüber entwaffnete, so wie früher. Und im Gegensatz zu früher war ich in gewisser Hinsicht zu meinem eigenen Leibarzt und Lehrmeister geworden, mit dem imaginären Lexikon des Lebens unterm Arm und dem Fieberthermometer in der Kitteltasche, allzeit darauf bedacht, zu messen, wenn meine innere Flamme zu hoch schlug oder ein zwischenmenschlicher Akt mir Ärger oder Schmerz einbrachte. Ich grenzte mit voller Härte das

aus, was nach Flucht und Bequemlichkeit roch, den leichteren Weg zu wählen, den richtigen dabei zu übersehen, so wie das geschehen würde, wenn ich wieder trinke. „Wer etwas Großes erhalten hat, will es nie wieder loslassen", so lautet der Werbeslogan meines derzeitigen Arbeitgebers. Als ich diesen Satz las, dachte ich an das, was ich bis jetzt erreicht habe: meine innere Freiheit und meinen Willen, die Verantwortung für mich selbst zu tragen.
Denn die Tage und Nächte sind mir nun endlich heilig geworden.

Luca und ich im November 2006, wenige Monate vor meinem Therapiebeginn

Kapitel acht

April 2007 – Anna

Sie stand plötzlich neben mir, in einem Szene-Klub. Ich war seit Therapiebeginn acht Wochen trocken und schlürfte einen Red Bull mit Eis (ohne Wodka, versteht sich!!). Und sie fragte mich, ob der Barhocker, auf den ich meinen Weggehbeutel abgelegt hatte, noch frei sei. Ja, er sei frei, antwortete ich (und zu mir selbst: ICH BIN FREI!!).

Wir tanzten wenig später eng aneinandergelehnt, ich spürte ihren Atem an meinem Hals und wie ihre Lippen meinen Puls tasteten und wie ich die Augen schloss, um den Schwindel aufzuhalten, der mir durch den Körper floss wie ein wogendes Meer, schwer und kraftvoll.

Da war es. Das Gefühl der einzigen Machtlosigkeit, die ich zuließ. Frauen hatten vor ihrer Zeit auch eine Rolle gespielt, aber jede eingegangene Beziehung gleichgeschlechtlicher Art war auch immer (wie mit den männlichen Geschlechtsgenossen, die ich eigentlich gar nicht mehr wollte!!) mit Alkoholexzessen verbunden gewesen. Immer und ständig, gleichbleibend und ohne Ausnahme. Mit 23 hatte ich den ersten körperlichen Kontakt, mit 29 den ersten Sex mit einer Frau. Danach folgten K.-o.-Beziehungen, also Beziehungen, deren Zukunftsaussicht von vornherein fraglich und zum Scheitern verurteilt war, weil ich tobte und nie ruhte, weil mein Aufmerksamkeitssyndrom genauso hoch war wie die exaltierten Sprünge, die ich machte, weit über das hinaus, was eigentlich vor mir lag, weit entfernt von dem, was ich mir *eigentlich* erträumte, worüber ich *nicht* sprach, was ich aber hätte tun müssen. Stattdessen trank ich und wütete zwischen den Gemütern umher, als habe die Tollwut einen Extraplatz bei mir gepachtet.

Meine lange Beziehungspartnerin *vor* Annas Zeit war davon in solch unerträglichem Ausmaß betroffen gewesen, dass sie sich zuweilen aus totaler Verzweiflung und Resignation meinen Tod wünschte. Mit ihr führte ich ein ewiges Berg-und-Talfahrt-Zusammenleben, eine Fahrt mit der Geisterbahn, alkoholgeprägt und mit allen Facetten einer unerfüllten Partnerschaft ausgestattet, bizarr und erniedrigend für beide Seiten, obwohl meine Seite die dunklere war, denn

ich war gänzlich ungeeignet für ihre persönlichen Vorstellungen von einer Partnerschaft und kostete sie den letzten Nerv. Sie entwickelte im Laufe unseres Zusammenlebens eine devote Haltung, die mir eine extrem starke Angriffsfläche bot und durch die sich in mir eine nicht erklärbare Aggression gegen sie aufbaute und ich mich bald selbst so sehr hasste, dass ich sie wie den letzten Dreck *noch in den letzten Dreck* trampelte. Es war eine unbeschreibliche Endzeitstimmung und gipfelte sogar in tätlichen Auseinandersetzungen, die in der Gänze zum Aus führten.
Ich suchte etwas, aber bei ihr fand ich es einfach nicht. *Ich* war diejenige, die abends um die Häuser zog, um in der Früh beim Heimtorkeln Sturm zu klingeln, wenn sie noch schlief und ich unduldsam nach meinem Hausschlüssel angelte, der in den verzweigten Bereichen meiner trendigen Jeanshose verschwunden war. Oder ich klingelte sie mitten in der Nacht aus dem Bett und bat sie, mich in irgendeiner versifften Kneipe, in der ich kleben geblieben war, abzuholen, weil ich, so dicht wie ich war, keinen Schritt mehr vor den anderen setzen konnte und mich daher nicht traute, vom Stuhl aufzustehen. Oder ich kam *gar nicht* nach Hause, weil ich irgendeinem schwulen Typen die ganze Nacht bis hin zum Morgengrauen meine Tränen an die gepiercten Brustwarzen schmierte und er mir mit schwesterlicher Wärme erklärte, dass es zwischen den „Brüdern" auch ständig Hickhack gäbe, weil ein Arsch eben ein Arsch bleibe, und darauf kommt es letzten Endes an!! Im Leben gilt es, sich zu bewegen, aber wer zu sehr mit dem Arsch wedelt, der muss sich nicht wundern, wenn alle daran rumreißen, so seine Worte. Hemmungslos heulte ich weiter, zumal ich sowieso keinen blassen Schimmer hatte, welche metaphorischen Ergüsse er da wie am Fließband erzeugte. Die unzähligen Ramazzottis und mein wie ein Abfluss schlürfendes Selbstmitleid blockierten das System meines abgesoffenen Gehirns; ich war mal wieder im Keller angekommen und hatte den Lichtschalter nicht gefunden. Da war mir jeder Arsch egal und erst recht das Gerede von einem solchen.
Was ich suchte, *war der Lichtschalter*, der Knopf, der das Garagentor hochfahren ließ, der Hebel, der mich mit der Hebebühne über die Köpfe der Menschheit hinweg geradewegs in den Himmel befördern könnte, dort, wo Ruhe herrschte, ich atmen konnte, reinen Sauerstoff, der mein Gehirn waschen und mein Herz in Gold tauchen

würde. Dort, wo die Hand nach mir griff, die ich brauchte, um von der Hebebühne geleitet zu werden, dort, wo ich es zulassen konnte, dass man mich berührte. Dort, wo alles blühte, weil es jung war und rein, dort, wo es nur diese Hand gab, die mir frisches Leben ins Glas goss und keinen Wodka.

Ich habe sie gefunden, diese Hand. Es war meine.

Und dann tauchte Anna auf. Und sie legte ihre Hand auf meine, und später legte sie ihre Hand *in* meine. Die Zielstrebigkeit, mit der sie mich an diesem Abend, in diesem Klub ansteuerte und ansprach, machte mich nervös und vor allem schüchtern (ein bei mir äußerst seltener Tatbestand). Unsere Körper flossen beim Tanzen geschmeidig ineinander, ihr Verlangen nach mir war ebenso haltlos wie meines nach ihr. Und wenn ihre Augen leuchteten, weil wir uns liebten und wie wir uns liebten, fing ich sie auf, obwohl ich glaubte, selbst keinen Boden mehr unter den Füßen zu haben. Die körperliche Kongruenz und die seelische Unnahbarkeit von Anna machten mir mit einem Schlag bewusst, wie komplex diese Frau war, wie einerseits mädchenhaft verträumt ihre Tage waren und wie andererseits fest verankert ihre Vorstellungen von einer doch heilen Welt in einer an vielen Ecken zerstörten Welt waren. Das beeindruckte mich, dieser feste Glaube, die Unerschütterlichkeit ihres Denkens und Handelns, diese Kraft, ihr Leben zu füllen mit Lyrik, Gesang, Familie und Freunden auf dem ganzen Erdball. Mich beeindruckte, wie sie Wegen mit Schlaglöchern auszuweichen in der Lage war oder wie sie es schaffte, hin und wieder Wege zu ebnen, damit niemand stolperte und sich die Haxen brach. Als ich das erkannte, verliebte ich mich in sie, fühlte in ihren Armen, dass meine Träume *mal nicht* wie zerstoßenes Eis im Caipirinha landeten, sondern sich in einem Meer aus Güte und Freundlichkeit in mein Herz pflanzten, sanft und friedvoll.

Die Liebe hat ihre Tücken
und Macken,
sie kann uns zerschmettern,
harte Schläge liefern in den Nacken.

Doch wenn wir sie nehmen, wie sie ist,
als ein Geschenk nämlich,
und kein Terrorist,
wenn wir sie zart ummanteln
in Wort und Tat,
dann wird sie uns nie zerschmettern,
so hart.

Wenn wir begreifen, dass sie ein Gut ist,
welches man pflegt wie eine Pflanze
im persönlichsten Beet, so kann sie
gedeihen und erfüllen
die Wüsten und Leeren in unserer Brust,
ihre Legionen zerstören den Frust.
Denn nur so nah, wie man sich selbst,
macht sie uns klar: Sie ist ein Held!
Und sie schenkt, was man ihr gibt,
Achtung vor dem Leben nämlich,
das Böse wird ausgesiebt.

Denn sonst kann die Liebe nicht
leben und erblühen,
das Schlechte treibt sie in den Zorn,
sie geht und will nicht mehr
und verglüht,
zu Staub zerfällt sie, Gott behüt'!

31.12.2007

Glauben Sie mir: Ich bin ein wildes Mädchen. Mit Anna begann ich Sehnsüchte zu teilen, die ich mit noch keinem Menschen geteilt hatte, eine ganz besondere Form von Nähe, wortlos und schwerelos an manchen Tagen, in manchen Nächten. Lew N. Tolstoi schrieb einmal, dass für jeden Menschen ein besonderer Weg existiert und dass *Steine* einen Weg erst fühlbar machen. Wie oft hatte ich mir die Frage gestellt, welcher Weg für mich vorgesehen war – wie oft wusste ich darauf keine Antwort, hatte keine Lösung parat! Ich bin ein wildes Mädchen, weil ich wilde, heiße Leidenschaften in mir trage, die ich manchmal im Stillen lebe, aber auch nach außen transportiere, damit die Welt sieht, wie sehr ich an ihr hänge.
Heute bin ich in der Lage, zu weinen, wenn mich etwas berührt, aus Schmerz oder aus Freude. Früher habe ich getrunken und getobt, knallhart geschossen wie eine MP, mit gazellenartiger Schnelligkeit menschliche Ebenen überrannt, Donner und Doria, was hatte ich da bloß angestellt? Heute habe ich einen kleinen Neffen, der mich bis in die Zehenspitzen rührt, wenn er mit seinen wasserblauen Augen zu mir aufschaut und mir gebietet, nicht nach München zurückzufahren, oder mich fragt, wann ich denn dann wiederkomme. Dieser winzige Mensch, der mir als Säugling auf der Hand lag wie ein Welpe, noch ohne Haare, aber bereits dieses freche Grinsen in den Mundwinkeln, dieser kleine Mann, der einen Haufen in die Windel setzen konnte, dass man sich am liebsten die Nase klammern wollte, dieses schöne Kind, der Sohn meiner Schwester, treibt mir Tränen in die Augen, wenn er lächelt und mir die Ärmchen um den Hals wirft und mich drückt und sein Köpfchen auf meiner Schulter ruht. *Das* ist der wahre Reichtum, fühlbar wie das Licht einer Kerze, wenn man friert und sich die Hände daran wärmt.
Das annähernd gleiche Gefühl habe ich bei Anna, wenn nicht sogar dasselbe. Ihre himmlische Ruhe, wenn ich in ihren Armen liege und sie mit ihren sanften, braunen Augen zu mir herunterblickt, meine Stirn berührt und leise mit mir spricht, hat etwas von der Geborgenheit eines Embryos in der Fruchtblase; gebettet und geschützt im Mutterleib, fernab von den Grobheiten der Außenwelt, dem Großstadtlärm, der menschlichen Zwietracht des Alltags, den Tränen und dem Blutvergießen auf den Feldern der Kriegstreiber und Missetäter. Jede Form der Angst und Unsicherheit verflüchtigt

sich, und eine Welle der Dankbarkeit flutet mein Herz, weil diese Frau wie ein Engel die Flügel um mich legt.

Das Glück festhalten zu wollen, bedeutet automatisch immer, dass man es nicht *verstanden* hat, denn Glück verliert Substanz, wenn man es verfolgt.

Mit Anna hat es nicht in einem liebestollen Rausch angefangen; von Beginn an war es, als habe ein Arzt ein Serum der Beruhigung in meine Venen gespritzt, es breitete sich flächendeckend in meiner Seele aus, und ich unternahm keinerlei Versuch, es in irgendeiner Weise zu konservieren, aus Angst, es könnte eventuell verloren gehen. Ich habe keinen Einfluss auf die Haltbarkeit meiner Verbindung zu Anna, und ich spüre auch keinen reißenden Fluss in mir, der an den Ufern vorüberdonnert wie die angeschwollenen Wassermassen der Isar nach langen Regentagen. Vielmehr trage ich das Bewusstsein in mir, die Tragfähigkeit der Flügel, die Anna mir zum Schutz gereicht, nicht zu überstrapazieren, denn sie sind, was sie sind: vom Glanze eines Engels.
Und ich bemühe mich, dieses Wesen nicht zu verschrecken, traurig zu machen oder zu vernichten, weil mich jeden Tag Dankbarkeit und Ehrfurcht erfassen, wenn ich an sie denke. Eine Frau besonderer Güte, deren anmutiger Blick die Menschen gefangen nimmt, wenn sie sie bemerken; eine Frau aus Fleisch und Blut, wenngleich sie mir jedoch zuweilen wie eine griechische Gottheit der Milde erscheint, aus ihren Handflächen sendet sie das Licht der Hoffnung, der Zärtlichkeit für jeden noch so kleinen Lebensmoment, tief in mich hinein ...

Mit der Abstinenz habe ich an Bodenhaftung gewonnen, aber ich erwische mich manchmal bei dem Gedanken, dass ich so gern wieder schweben möchte und dass mir ein Geschmack auf der Zunge fehlt, den nur der Alkohol bringt – das ist dann die Disziplin, die ich aufbringe, und der fast schmerzende Widerwille gegen das Teufelszeug, den ich verspüre, um einen weiteren Tag *ohne* zu überstehen. Es ist gut, dass ich nicht weiß, was vorne liegt, *vor* mir liegt, aber genauso gut ist es auch, dass ich weiß, was *hinter* mir liegt. Und wenn man erst mal am eigenen Leib erfahren hat, wie sich das

Leben ohne Alkohol anfühlt, dann möchte man nicht mehr tauschen, es sei denn, es gibt nichts mehr zum Tauschen. Aber dann hat man aufgegeben und sich dem Sklaventum der Abhängigkeit unterworfen. Ich wehre mich gegen den Untergang, und ich wehre mich gegen die Behauptung, dass es bei chronischem Alkoholismus, ob nun genetische Komponenten oder soziale Unebenheiten zum Trinken geführt haben, nur auf die Willenskraft des Einzelnen ankommt, den Kampf dagegen aufzunehmen. Nein. Unmöglich. Auch wenn der Alkoholiker den Versuch unternimmt, sein Trinkverhalten a) selbstständig zu kontrollieren oder b) dem Alkohol gänzlich zu entsagen: Früher oder später wird er die Talfahrt ins Land der Biere und Weine wieder aufnehmen. Das Kernstück der Abhängigkeit vom Alkohol liegt in der Psyche, den Verhaltensmustern *und dem Umfeld* des Trinkers. Wenn nicht hier angesetzt wird, wird der Vorsatz, mit dem Trinken aufzuhören, zur Farce. Er wird es nie schaffen. Nehmen wir beispielsweise den Chefchirurgen, von dem ich zu Beginn dieses Buches erzählt habe. Dieser litt unter seiner Todestrauer, die sich so glühend in sein Herz gefressen hatte, dass er sie mit Wodka kühlen wollte, statt sie zu bearbeiten, zu *verarbeiten*; seine Seele atmete nicht mehr, nachdem seine Tochter verstorben war. Trauer und Verlust sind Schmerzen der Seele, die wir Menschen nur überwinden können, indem wir sie tief in uns hineinlassen und damit arbeiten, bis wir so weit sind, eine Akzeptanz zwischen dem Leben und dem Tod zu schaffen, und lernen, die ständige Frage nach dem *Warum* nicht mehr mit uns herumzuschleppen, auf dem veränderten Weg, der nun vor uns liegt.

Die Frage nach dem Warum ist sowieso eine ständige Qual, denn wir beschäftigen uns fortwährend mit dieser den Alltag begleitenden Grundfrage, jedenfalls in vielen Situationen. Aber Dinge passieren, weil wir die Unvorhersehbarkeit nicht ausschließen können, weil wir eben keine Götter sind, sondern Menschen. Ich habe schon Schmerzen erlebt, die mich ohnmächtig gemacht haben, entweder aus Verzweiflung oder aus Verachtung und auch aus Einsamkeit. Ich weiß, dass Schmerzen, die das Herz sich wie ein Wollknäuel zusammenrollen lassen, ins Unerträgliche anwachsen können und dass man glaubt, daran zu sterben. Aber jeder von uns spürt irgendwann, wenn auch nur minimal, seinen angeborenen Selbsterhaltungstrieb und kann ihn, je nach charakterlicher Konsistenz, auch zulassen.

Das ist dann der Moment, wo er sich erhebt und um seiner selbst Willen kämpft. Der Chirurg, der seine Tochter verlor, hörte mit dem Trinken erst auf, als ihm in einer Nacht, in der er sich in seiner Bibliothek bis zur Besinnungslosigkeit betrunken hatte, ein halluzinatives Bild seiner Tochter erschien, die ihm nahelegte, er dürfe sich selbst nicht zerstören, *sie* würde alles darum geben, zu leben und wieder mit ihren Puppen zu spielen!! Und er sitze nur da und trinke sich freiwillig in den Tod, und vielleicht bringe er sogar noch jemand Unschuldigen um, weil ihm irgendwann ein unverzeihlicher Pfusch am Operationstisch unterliefe. DAS WÜRDE SIE IHM NIE VERZEIHEN!!

Und im Kopf des Chirurgen gab es einen kaum hörbaren Ton, ein klitzekleines „Klick". Wutentbrannt holte er aus, und das Glas Brandy, welches er noch eben zum Mund führen wollte, zerschmetterte an der gegenüberliegenden Bücherwand. Dann streckte er sich in der Dunkelheit auf seinem Sofa aus, verschränkte die Arme hinter dem Kopf und schlief ein.

Am darauffolgenden Tag meldete er sich zu einem Erstgespräch in der Suchtambulanz an und begann die auf zwölf Monate terminierte Langzeitrehabilitation, wo ihm (wie uns allen) ein strenges, tägliches Terminkorsett umgeschnallt wurde.

Kurz darauf lernte ich ihn kennen, wir waren der gleichen Gruppe zugeteilt, die wöchentlich auf einen Abend à drei Stunden angesetzt war. Ein großer Kerl mit traurigen, rot geränderten Augen, einem unwiderstehlichen Charme und einer sehr heiseren Stimme, fast flüsternd. Zu Anfang hatten wir Mühe, ihn akustisch zu verstehen, im Laufe der weiteren Abende wurde es dann besser, denn er erkannte, dass wir ihn besser *hören wollten*, und so hob er die Stimme und verdeutlichte sein Anliegen.

Seine persönliche Geschichte, seine Vita, genauso wie die Erzählungen anderer Patienten, haben ein erschreckendes Bild von dem gezeichnet, was die Gesellschaft nie gesehen hatte und nicht sehen konnte: eine zerstörte, aus dem Leben gerissene Seele. Mich haben die allwöchentlichen Abende in den Gruppensitzungen zu der Erkenntnis gebracht, dass jeder Mensch zu seinem eigenen Anker werden kann, wenn er ihn nur endlich auf Grund schlagen hört, um ihn dann später wieder hochzuziehen und damit den Prozess des Weitersegelns in Gang setzt.

Wir saßen alle im gleichen Boot, hatten alle den gleichen Wunsch und hegten alle die gleiche Hoffnung: weg vom Trinken, weg vom Sterben, weg vom Teufel und hin zum *Leben*, hin zum Engel, der vielleicht da draußen auf uns wartet und uns davor bewahrt, leichtsinnig zu werden, schwach zu werden, weil die Gier uns übermannt und wir uns treiben lassen. Wir hatten alle denselben Wunsch nach Erlösung, und wir sprachen darüber, zusammen mit den Therapeuten, wie wir das hinkriegen können. In erster Linie bestand der wichtigste Schritt darin, dass wir diese Therapie in aller Form *ernst nahmen* und dass wir den Entschluss, mit dem Trinken aufzuhören, ernsthaft verfolgten. In zweiter Linie blieb nur noch übrig, wie viel Energie der Einzelne hierfür aufzubringen sich imstande sah und dass er oder sie ein hohes Maß an Ergiebigkeit aus dieser Therapieform zog, die wirklich einen strengen Zeitablauf von jedem Einzelnen abverlangte.
Keiner saß dort und fühlte sich sicher, es zu schaffen, erst im Laufe der monatelangen Meetings und den einzeltherapeutischen Sitzungen (Psychotherapie) wurden viele von uns kräftig in ihrem Entschluss; einige fielen aber, weil sie einer persönlichen Alltagssituation nicht gewachsen waren und eben *doch* zur Tankstelle fuhren, um mit dem Sixpack im Rucksack nach Hause zu fahren ...
Rückfälle und Suchtdruck waren regelmäßige Gesprächsinhalte der Meetings, einige langweilten sich, andere waren sauer, weil „einfach nichts Neues" auf den Tisch kam; andere wiederum klinkten sich phasenweise ganz aus, weil sie therapiemüde waren (ich, zum Beispiel, im zehnten Monat hatte ich einfach *keine Lust* mehr, riss mich aber am Riemen), und wieder ganz andere unterbrachen den Therapieverlauf, weil sie darin für sich keinen Sinn mehr ableiten konnten.
In den zwölf Monaten lernte ich im Wechsel die unterschiedlichsten Menschen, die unterschiedlichsten Gemüter aus unterschiedlichsten sozialen Schichten, Menschen jeden Alters und jeder Nationalität kennen; ich war überrascht, wie meine eigenen Sorgen auch für die anderen zum Thema gemacht wurden, denn ich musste lernen, darüber zu sprechen, und jeder war aufgerufen, den anderen aussprechen zu lassen und zuzuhören. Und manchmal lag ein betretenes Schweigen der Betroffenheit im Raum ... Aus jeder Gruppensitzung nahm ich einen kleinen Gedanken mit, auf dem

Nachhauseweg verinnerlichte ich jene Dinge, die mir lohnenswert erschienen, die mir Parallelen zu meinem eigenen Leben aufzeigten und die mich gleichzeitig trösteten, denn ich hatte das Gefühl, nicht mehr einsam und allein zu sein.
Ein erhebendes Gefühl schlich sich in meine Brust, eine Vertrauensebene, die ich zuvor nicht gekannt hatte, und das zwischen Menschen, die mir eigentlich fremd waren.

Kapitel neun

2008 – Papa

Vielleicht erinnerst Du Dich noch an den Portugal-Urlaub 1975. Ich glaube, Portugal liegt am Atlantischen Ozean; der Strandabschnitt, an dem auch ein paar hundert Meter entfernt unser Hotel stand, war stellenweise von den Gezeiten, also Ebbe und Flut, betroffen. Bei Ebbe war es mit uns Kindern ein quirliges Strandvergnügen, da wir einige Meter ins Meer hinauslaufen konnten und das Wasser uns unbedenklich nur bis zu den Knien reichte. Wir hatten damals ein gelbes Schlauchboot mit schwarzen Streifen an den Seiten. Bei einsetzender Flut hast Du uns herbeigeholt und uns aufgefordert, ins Boot zu springen, was wir mit Freude taten. Dann bist Du mit mir und meinem Bruder aufs Meer hinausgepaddelt, und zwar zu jenen Stellen hin, an denen die Priele zusammenliefen, dort, wo die Strömungen spürbar kraftvoll am Schlauchboot schlürften wie der Abfluss eines Spülbeckens. Das Boot wurde gefährlich hin- und hergeworfen und ich bekam furchtbare Angst und fing an zu jammern, dass ich zurückwollte und so. Da nahmst Du mich zwischen Deine Schenkel, und ich legte meine Arme auf Deine kräftigen Unterarme, mit denen Du die Ruder klatschend ins Wasser tauchtest. Ich fühlte mich sicher. Dann betrachtete ich Deine haarigen Beine und versuchte in aller kindlichen Akribie, diese zu zählen, aber es waren so viele, dass es mich schließlich ärgerte. Ich fragte Dich erbost, warum *Du* so viele Haare hast und *ich* gar keine. Du blicktest zu mir hinunter, ein mildes Lächeln auf den Lippen, und sagtest verschmitzt, dass für jedes gewachsene Haar jeweils eine Sorge steht. Ich grübelte einige Sekunden. „Also, dann musst du aber viele Sorgen haben", gab ich stirnrunzelnd zu verstehen. Na, ja, ich könnte die Haare ja wegmachen, dann verschwinden auch die Sorgen, sagtest Du schmunzelnd und gabst mir einen Kuss auf die Stirn. Ich ließ nicht locker. „Warum hast du denn Sorgen, Papa?", fragte ich und schaute zu Dir hoch, während ich ein weiteres hoffnungsloses Mal versuchte, die Haare an Deinen Beinen zu zählen. „Ach, weißt du, Susi, wenn man erwachsen ist, neigt man dazu, sich Sorgen zu machen, weil man eben nicht anders kann. So muss man zum Beispiel Geld verdienen, um sich Essen zu kaufen und ein Dach über

dem Kopf zu haben, und wenn man keines hat, verhungert man und muss vielleicht auf der Straße schlafen, unter der Brücke oder in einem Gebüsch im Stadtpark, und man kann sich auch nichts zum Anziehen kaufen, weißt du?" „Das ist ja schrecklich!", brüskierte ich mich. „Das geht doch gar nicht, man muss doch in einem Bett schlafen!!" „Ja sicher", lenktest Du ein, „aber ein Bett muss man ja erst mal *kaufen*, und das geht nicht, wenn kein Geld da ist, verstehst du?" „Aber wir haben *alle* ein Bett, Papa, nicht? Das heißt, dass wir auch *Geld* haben, nicht, Papa?" „Ja", sagtest Du leise und schautest an mir vorbei über die sich kräuselnden Wellen. Dann nahmst Du die Ruder wieder auf und rudertest uns zum Strand zurück.
Dein Schweigen machte mich traurig, ich spürte deutlich, dass Dein Schweigen eine Antwort auf eine tief sitzende Sorge war. So viele kleine Erinnerungen ruhen in mir. Dein Lob, wenn ich Dir beim Fahrradreparieren zusah und es Dir dann anschließend gleichtat, weil ich mir die Handgriffe gemerkt hatte; Deine Freude, wenn ich Dich in der kleinen Bastelecke Eures Schlafzimmers besuchte und Du gerade dabei warst, die Modellfiguren für die Eisenbahnanlage zu bemalen, und ich Dich fragte, wie in aller Welt es sooo kleine Pinsel geben konnte!! Und wie es gelingen konnte, einem Miniatureisenbahnhofswärter das stecknadelkopfgroße Gesicht zu bemalen, und zwar mit richtigen Augen und so!! Das konnte eben nur mein Papa! Und wenn wir mit Deinem geliebten Schäferhund Falk draußen spazieren gingen und ich dabei an Deiner Hand lief und wie er dann irgendwann nicht mehr da war und ich Dich das erste Mal *weinen* sah und darüber sehr traurig wurde.
All diese Momente kommen mir in den Sinn, Momente, die meine Kindheit geprägt und erfüllt haben. Und dass mich meine Liebe zu Dir erfüllt, deine Tochter, die endlich eine brauchbare Spur im Leben verfolgt. Deine Tochter, die mit diesem Buch verzeihen gelernt hat – *es wurde Zeit*. Ich habe lange gebraucht, meine Kompromisslosigkeit in Bezug auf Dich loszuwerden, und mit jeder Zeile, die hier geschrieben steht, bin ich Dir nähergekommen und habe verstanden, wer *Du* bist und wer *ich* war. Die ganzen Jahre war ich nicht fähig, den Zorn abzuschütteln, habe den bequemeren Weg gewählt, um darüber hinwegzukommen, dass wir als Familie gesplittet sind und meine Mutter nun so weit weg von uns ein anderes Leben lebt. Die ganzen Jahre habe ich innerlich gezittert vor

Enttäuschung, denn ich empfand es so, als habe eine atomare Explosion unser Zentrum, das Herzstück, verseucht. Und der Alkohol, den ich fälschlicherweise einsetzte (und zu meinem schädlichen Werkzeug machte), um nicht mehr hinschauen zu müssen, hat mir den Erfolg versagt. Die ganzen Unwahrheiten, die ich in mir trug, habe ich ausgesprochen, weil mein Weg in die Zukunft von keinen Steinen der Lüge gesäumt werden darf; alle Traurigkeiten habe ich abgetragen, damit ich das Leben in seiner Schönheit in mich hineinlassen kann und nie wieder hinauslassen werde. Du hast Dein Bestes gegeben für uns Kinder, genauso auch meine Mutter, und die Sorgen, die Dir manches Mal die Kehle zugeschnürt haben, haben sich verflüchtigt, weil sich die Zeit geändert hat. Aber sie haben Spuren hinterlassen und Narben der Einsamkeit in Deine Haut geritzt.

Kapitel zehn

Ich habe gesehen, was das Leben aus einem machen kann, *wenn wir uns unseren Schwächen und unseren Gefühlen nicht stellen.* Ich habe gesehen, was geschieht, wenn wir Vergangenes einfach nur *begraben* und aus verschiedenen Gründen als nicht gesehen oder erlebt von uns weisen. Wenn wir uns mit unserer Vergangenheit nicht *auseinandersetzen*, hat dies eine lebenslange Verfolgungsjagd zur Folge, die Vergangenheit ist hartnäckig, wenn wir sie nicht akzeptieren. Auf das Schicksal können wir keinen Einfluss nehmen, das war schon immer so und wird niemals anders sein. Jedoch haben wir Einfluss auf das, was wir selbst in Eigenverantwortlichkeit anfassen, zu uns nehmen oder aussprechen, wir haben Einfluss darauf, inwieweit wir etwas für unser eigenes Wohlbefinden tun, damit es auch für andere Menschen angenehm ist, mit uns zu leben. Wir leben nicht allein auf dieser Welt und müssen schon aus rein ethischen und moralischen Gründen diese Welt *teilen*, und nicht *zerteilen* wie der Schlachtmeister das Rind filetiert. Und das ist keine Frage des *Alters* und der Herkunft, sondern es ist eine Frage des Bewusstseins.
Es gibt eine Auflistung von Geschehnissen in einem menschlichen Leben, die einem das Herz stehlen können. Aber das Blut in unseren Adern pulsiert stetig und reinigt sich wie durch ein Wunder selbst, wenn wir es mit Kostbarkeiten versorgen, durch die Nahrung etwa. Das Blut transportiert diese Kostbarkeiten in unser Herz, es werden Hormone freigesetzt, weil es auch das Gehirn durchfließt, die dafür sorgen, dass wir uns körperlich und seelisch gesund fühlen, springlebendig wie alle Quellen dieser Erde. Wenn wir Schokolade essen, passiert das so, und das Herz kriegt das alles mit und erholt sich, denn es ist glücklich und befreit, weil die Zellen fröhlich arbeiten können. Wenn ich *Alkohol* trinke, trinke ich reines Zellgift, etwas, das den Blutkreislauf zu einer Formel-1-Strecke ausbaut, das Gehirn innerhalb von fünf Minuten benebelt und mein Blut vergiftet. Das kann ich nicht verantworten – nicht mehr. Seit 14 Monaten habe ich eine andere Zeitrechnung, eine andere Wahrnehmung, ein Königreich voller Freiheit. *Ich zähle nicht die Tage*, jeden einzelnen, der verstrichen ist ohne einen Tropfen Alkohol.
Ich heilige die Minuten.
Denn ich habe Durst. Auf mein Leben.

Mein Neffe Luca und ich, Sommer 2008

Ich bedanke mich bei all jenen Menschen, die von meiner Selbstzerstörung betroffen waren, dass sie mir mit offenen Herzen gegenüberstanden und hinter mir standen. Dass sie mich jeden Tag stärkten in meinem Vorhaben, abstinent zu werden, zu bleiben, und wäre ich gefallen, mich aufgefangen hätten. Ich danke Anna für ihre Liebe, ihr Verständnis, ihre Geduld und ihre einzigartige Gabe, mir Flügel zu verleihen, um die Suchtdrucksituationen erträglicher abklingen zu lassen, denn manchmal war es sehr quälend und hat wie Nadeln gestochen. Wenn sie mir ihre Flügel mal nicht ausleihen konnte, weil sie sie selbst brauchte, so hat sie mich zumindest immer schützend damit bedeckt ...
Ich bedanke mich bei meiner Familie, die mich ohne Ausnahme liebevoll umsorgte, vor allem meine Kleine, die als Familienangehörige bei mehreren Seminaren in der Suchtklinik an meiner Seite gesessen hat und mir damit direkte Unterstützung zukommen ließ.
Ich bedanke mich bei dem lieben Gott, dass er mir die Willenskraft geschenkt hat, mein Leben endlich zu achten, und ich danke ihm, dass er mir meinen Neffen geschenkt hat. Und vielleicht, wenn mein Neffe einmal groß ist und liest, was seine Tante alles so getrieben hat, dann wird er vielleicht begreifen, warum sie keine eigenen Kinder hat. Denn ich wollte diese Krankheit nicht weitergeben, um keinen Preis der Welt. Das Schicksal habe ich über Gebühr herausgefordert; bei einer ungewollten Schwangerschaft, zu der es aufgrund meiner sexuellen Ausschweifungen hätte kommen können, wäre ich in einem Kellerloch gelandet, wo ich nicht nur keinen Lichtschalter gefunden hätte, sondern wo niemals einer existiert hätte.
Mein Schutzengel, der mir viele Gefahren vereitelte, muss das gewusst haben.

Jedem sagt ein sicheres Gefühl, dass in ihm etwas schlechthin Unvergängliches und Unzerstörbares sei. Sogar das Frische und Lebhafte der Erinnerungen aus der fernsten Zeit, aus der ersten Kindheit, zeugt davon, dass irgendetwas in uns nicht mit der Zeit sich fortbewegt, nicht altert, sondern unverändert beharrt.

Arthur Schopenhauer

Vom Kinde an die Eltern, die da saßen und nichts mehr zu sich sprachen

Was ist es, was den Menschen munter macht?
Das Lächeln des anderen,
die alles erhellende Kraft?

Was ist es, das dich seufzen lässt
vor Glück und Übermacht?
Die Farben der Welt, die Sonne in den
Pupillen des anderen?
Die Gesten, der Gang nach vorne,
ist es das, was dich entfacht?

Was ist es, was mich einsam sein lässt,
ganz tief in mir,
hält es mich eisern fest.
Wie soll ich lieben,
wenn nicht dich?
Wie denn kann ich leben
ganz ohne mich?
Denn ich bin du,
schau du mir zu,
wie meine Lanze bricht.
Denn ich trug sie ganz verborgen
unter meinem Kleid,
sie hat erst dich, dann mich entzweit.

03.08.2008

Die Frucht

Ich habe die Kraft,
mit sanfter Welle umspült sie
das Feuer, die Glut
in meiner Brust.
Es ist ganz ungeheuer,
was das Meer aus Liebe mit uns so schafft!

Ich habe Kraft, Dich zu sehen,
dies kleine Stück nach vorn zu gehen,
dorthin, wo im Wind die Halme sich biegen,
aber nicht reißen,
sie sind nicht kleinzukriegen.
So wie ich, wenn ich Dich sehe,
die Liebe in Deinen Augen,
das Reich Deiner Seele –
mein privates Vermächtnis mit Gott
erfüllt mich ohne Qual,
da es Dir gewidmet: Ich hatte keine Wahl!
Deine Worte treiben Melodien mir ins Ohr,
leis' ertönt der Engelchor:

Du hast Kraft, mich zu sehen,
nun bleibe mir sehend, lass uns nach vorne streben!
Zum Horizont, der da schimmert,
allein für uns ist was zurechtgezimmert!!

Ich kann es spüren, ich habe die Kraft,
Du kannst es nehmen, Du hast die Pracht.
Ganz tief,
frohlockend,
sitzt die Bitte:
Halt mich fest, lass mich nicht los,
es ist kein Test, ich will Dich bloß!

Jede Blüte trägt irgendwann die Frucht,
schau das Wachsen und wie sich das Licht
im Blütenkelche bricht!
Die Blüte ist die Mitte unserer Herzen
Und die Frucht entscheidet,
ob Freude oder Schmerzen,
ob sie wohl schmeckt oder bitter,
sie wächst stetig
bei Sonne, Regen und Gewitter,
bis sie reif ist und fällt,
oder sie in unsrer Munde hält,
was sie verspricht:
Geschmack von bittersüßer Schwere,
so wie unsere Liebe:
ein unergründliches Gesicht.

25.07.2008

Hat dich der Teufel in der Gewalt,
trotzig und mit Begehren,
frisst er deine Seele,
frostet er dein Herz,
musst du dich wehren.

Hat dich der Teufel in der Gewalt,
leg ihm die Waffe in den Schoß,
mit der er dich zur Aufgabe zwingt.
Verliere ihn nicht aus den Augen,
folge seinem Blick,
verfolge seine Schande,
das ist vielleicht der Trick.

Begib dich auf seine Spur,
sein Makel dir gegenübergestellt,
wie ein räudiger Köter, der ständig bellt,
entzieh ihm das Futter,
deine Seele ist für ihn die Mutter,
die Brust, an der er saugt,
die Milch, die er verdaut.

Du kannst ihn nur besiegen,
seine Gewalten entkräften,
wenn du es gelernt hast
dich selbst zu lieben.

20.08.2008, für Sebastian

Die Autorin

1970 in Berlin geboren, schreibt sie schon seit ihrem 17. Lebensjahr mit Hingabe Gedichte, Briefe und Erzählungen (bisher unveröffentlicht: „Michelles Reise", „Der Nächste, bitte").

Seit 1995 lebt und arbeitet sie in München und schreibt zur Zeit an ihrem neuen Roman „Sagenhaft".